「……おまえ、いいな。俺にちょうどいいサイズだ」

唇をふれ合わせたまま、飴屋がさらに身体を密着させてくる。

「広すぎず、せますぎず、ジャストフィット」

笑いながら首筋に鼻をこすりつけてくる。

（本文P.21より）

ここで待ってる

凪良ゆう

キャラ文庫

この作品はフィクションです。
実在の人物・団体・事件などにはいっさい関係ありません。

目次

口絵・本文イラスト／草間さかえ

ここで待ってる

横一列に並んだ胴着姿のチビっ子たちが、ありがとうございましたと立礼で声を張る。最後の礼を終えると緊迫した空気がほどけ、一斉に道場の外へ駈けていく。

「若先生、さよならあ」

「はい、さよなら。気ぃつけて帰れよ」

「若先生さよならあ。今度、目突き教えてね」

「危ないから絶対やるな」

成田《なりた》はぎょっと振り向いた。極真会館《きよくしん》はフルコンタクト空手だが、顔面への直接攻撃は禁止されている。しかし言っているそばから、子供たちはふざけてVの字にした指を互いの顔に向けてつつき合っている。こらっと声を張り上げ、ふたりの襟《えり》をつかみ上げた。

「禁止されていることは絶対にやるな。ルールを守れないやつは破門だぞ！」

冗談ではないのだという成田の声音に、子供たちは縮み上がった。ごめんなさい、もうしませんと、ふたりは干されたぬいぐるみ状態で謝った。

「わかればよし」

襟を離すと、ふたりは逃げるように出口へ走っていく。そこにはお迎えの母親たちが集まっていて、成田が一礼すると母親たちはさざ波に翻弄《ほんろう》される小舟のように揺れた。仄《ほの》かに甘い熱視線を感じ、さりげなく顔をそらして気づかないふりをする。

「よう、人妻ホイホイ」

からかうように声をかけられた。先輩格の師範代である山賀《やまが》だ。

「その呼び方やめてください」

成田は男らしく整った顔をしかめた。

「尊敬の念を込めてんだよ。武道も今はエンタテインメントの要素がないと生き残れない時代だからな。二十四歳の細マッチョなイケメン先生なんて最高の看板だ。おまえが道場の後継ぎになってから、うちのジュニアクラスは満員御礼続きだし」

師範はいい孫を持ったとしみじみうなずかれ、成田は複雑に恐縮した。道場主である祖父の後継ぎとして、成田が師範代に昇格したのが今年のはじめ。山賀たち先輩格の師範代たちをさしおいて若輩の自分がとためらいはあったが、山賀たちは快く受け入れてくれた。

「まあ俺たちは会社勤めで空手は副業だから気楽な身分だよ。一番大変なのはおまえだ。師範の命ともいえる道場つぶすなよ。そんなことになったら師範はショック死するぞ」

「プレッシャーかけないでくださいよ。祖父ちゃんも年でしゃれにならないんで」

実際のところ、この不景気な時代に道場経営なんて自分にできるのか、先のことを考えると不安は尽きない。山賀は冗談だよと笑ったあと、ふと小声でささやいてきた。

「人妻ホイホイはおおいに結構。けど不倫はするなよ。道場と身の破滅だ」

「まったく興味ないですね」

間髪いれず返した成田に、山賀もだよなあとコロッと笑った。

「おまえの好みは人妻じゃなくて小悪魔系クソビッチだもんな。前につきあってた子も確か三股の挙句ふられたんだろう。その前の子には金まきあげられてたし」

「あれは貸しただけです」

「返してもらった？」

「…………」

ポンポンと慰めるように肩を叩《たた》かれた。

更衣室に戻り、ロッカーを開けると携帯にラインがきていた。

《なっちゃん、相談があるんだけど、時間あったら今夜会いたいな》

最近ちょっと気に入っている和希《かずき》からだった。さっきまでの硬派面がでれっと崩れる。速攻でＯＫの返事をすると、隣で着替えていた山賀と目が合った。

「そのデレた顔、若先生ファンクラブの奥様たちに見せたいな」

「稽古《けいこ》中は稽古中、プライベートは別です」

「今度はどんなビッチに引っかかってんだ」

「二十一歳の美容師の卵です。ちょっと生意気だけどかわいいんですよ。相談があるから会いたいって言われたんですけど、彼氏には言えないことなのかな」

「男いんのかよ」

「彼氏よりも俺を頼ってくれてるんですかね」

「……保証人にだけはなるなよ」

山賀は本気で心配そうな顔をした。


和希の話は彼氏の浮気相談で、成田の期待は見事な空振りに終わった。

「問いつめたら、一度だけ寝たって言うんだよ」

どうがんばっても色っぽい雰囲気にはならないファミレスのテーブルの向こうで、和希は唇をとがらせている。内容のしょっぱさはともかく、二十歳を超えた成人男子とは思えないあざとかわいさに成田は目を細めた。周囲には秘密にしているが成田はゲイだ。人に話すときは性別をぼかしているので、山賀は『和希』をかわいい女子だと思っている。

「一度だけなら本気じゃないんじゃないか」

とりあえず、そんなことを言ってみた。

「そんなのわかってるよ」

「なら今回だけは許してやれば」

なぜ自分は恋敵をかばっているのか。けれどこういうとき尻馬《しりうま》にのって恋敵をこきおろしては男が下がる。複雑な成田の前で、和希は「許せない！」とまなじりを吊《つ》り上げた。

「一晩だけの遊びだって割り切ってる相手を、うちの彼氏のほうが本気になって追いかけ回してるんだよ。しかも全然相手にされなくて、どうしたらいいって逆に相談してくるんだから」

それはひどい。しかし今の自分も似たようなものだった。成田はぬるくなったドリアを口に運びながら、なんとか和希を元気づける言葉をさがした。

「大丈夫だって。自信持て。和希はかわいいんだから彼氏もすぐに目を――」

「自信はあるよ。俺かわいいし」

当然のようにうなずかれてしまい、出鼻をくじかれた。

「でもそれまでおとなしく待ってるなんて性に合わない。俺はなめたことされて黙って耐える性格じゃないし、人の男を寝取るなんて外道《げどう》には相応の報いがあってしかるべきだ」

外道。かわいい顔をして恐ろしい言葉を使う。

「だからなっちゃん、お願い。相手の男に一回痛い目見せてやって」

「え？」

成田は目を見開いた。成田は小学校に上がる前から祖父の空手道場で稽古に励み、二年前は東日本選手権で三位に入ったこともある。自分の拳は凶器だという自覚がある。いくら和希の頼みでもそれはできない。しかし和希は畳みかけるように言った。

「目には目を、歯には歯をだよ。相手の男、二ヶ月に一回くらいの割で小暮町《こぐれちょう》のゲイバーに顔見せて、そのつど気に入った男をお持ち帰りするんだって。はた迷惑でクソビッチなそいつを誘惑して、本気にさせて、手ひどく振ってほしいんだよ」

暴力沙汰《ざた》ではないことにホッとしたが――。

「なんで俺が？」

「そりゃあ、なっちゃんが恰好《かっこう》いいからだよ」

「いや、そんな」

思わず照れてしまった成田に、和希が身を乗り出してくる。

「なっちゃんは顔もいいし、細マッチョでスタイルもいいし空手強くて男らしいし、ビッチ気取りのそいつもなっちゃんだったら堕《お》ちると思うんだよね」

手放しの褒めように、成田はだんだんと複雑な気分になってきた。

「和希、ひとつ提案なんだけど」

「なに？」

「そこまで俺に魅力を感じてくれてるなら、報復なんてめんどくさいことはよして、浮気なんかする不実な彼氏とも別れて、俺とつきあうってのはどうかな」

「それは無理」

和希はあっさりと首を横に振った。

「俺の好みは悪い男なんだよ。なっちゃんはお兄ちゃんみたいな感じだし」

ぐさっと胸に突き刺さった。お兄ちゃん。甘い響きとは裏腹に、なんて都合のいい言葉だろう。今まで何人にこの言葉を言われ、そしてふられただろう。それは直訳すると、男としては見られないけど、役には立ってねということだ。

「だからね、なっちゃん、お願い、俺のために一肌脱いで」

和希は上目づかいで手を合わせてくる。成田が自分に好意を持っていることを知った上で利用する気まんまんなオーラが出ている。小悪魔系が好きなのでそれはよしとしても、人を傷つけるという行為に心が醒《さ》める。報復というなら浮気をした彼氏にすればいいし、なんだかなあという感じだ。これなら金を貸してとお願いされるほうがマシである。

どう断ろうか考えていると、テーブルに置いていた和希の携帯が鳴った。和希が出る。険しい顔で何度かうなずき、すぐ行くと通話を切って立ち上がった。

「なっちゃん、行こう」

「どこに」

「小暮町のゲイバー。例のクソビッチがきたんだって」

えっと戸惑う間にも腕をつかまれ、早く早くと急《せ》き立てられた。

小暮町は成田の地元から電車で一時間ほどの繁華街だ。成田も月に一度は顔を出す。なぜわざわざこんな遠いところに飲みにくるのかというと、ゲイバーがここにしかないからだ。そして地元から離れることで、知り合いと出くわす可能性も低くなるからだ。出会いさがしに身元かくし。都会と違って地方住みのゲイは生きづらい。

「俺は上のバーにいるからがんばって。三十分ごとに経過報告忘れないで」

がんばってねと背中を押され、成田は渋々噂《うわさ》のクソビッチがいるというバーに入った。十人ほどが座れるカウンターとボックスが四席ほどのバーで、客は当然男ばかりだ。

がんばってねと言われても、男の名前も容貌《ようぼう》もわからないのにどうしろというのだ。どっちみち、惚《ほ》れさせて捨てるなんて色男くさいことが自分にできるはずがない。まあ相手にされなかったと適当にごまかしてお茶を濁そう。

とりあえず一杯飲むかと店内をざっと見渡したとき、ふっと視線が留まった。自分で留めたのではなく、強引に留められた。それほど綺麗《きれい》な男だった。あれだと本能で察知する。

成田より少し年上か。カウンターに座る男の両隣を、男ふたりが陣取っている。知り合いではないようで、左右から必死に話しかけられているのに、本人はつまらなそうにしている。あくびまでした。ひどい。でもそういう傍若無人さが許される顔立ちだった。

「いらっしゃい」

オネエ風なマスターが成田に声をかけ、男がこちらを見た。目を外さない。二、三秒見つめ合ったあと、思い切って手を振ってみた。すると男は成田に向かって人差し指をくいっと曲げてみせた。こいよ、というふうに。両隣の男たちががっかりして席を空ける。

隣に腰を下ろすと、男のほうから声をかけてきた。

「なに飲む？」

「あ、じゃあメーカーズ。ロックで」

「俺も」

男は飲みかけのグラスをマスターに向かって押し出した。

「おごるよ」

「めんどくさいから自分で払う」

にべもなく断られ、成田はやや怯《ひる》んだ。出足は好調だったが、なかなか手ごわいのかもしれない。琥珀《こはく》色の液体で満たされたグラスがふたつ出てきて、乾杯とグラスを合わせた。

「名前、聞いてもいい？」

「飴屋《あめや》」

「下は？」

またそうなめんどくさそうな顔をされたので深追いはしなかった。

「俺は成田清玄《せいげん》」

こちらはちゃんと名乗った。

「変わった名前だな。坊主かなんかか？」

「よく言われるけど違う。家が空手道場やってるから」

「へえ、流派は？」

飴屋が食いついてくる。男は強さに弱い単純な生き物で、会話のきっかけとして実家話はほぼ鉄板だ。こんな美人も例外ではない。極真会館と答えると、飴屋は目を輝かせた。

「フルコンタクトじゃねえか。あれカッコいいよな」

「よく知ってるね」

「ああ、習いたがってる知り合いがいてちょっと調べたから」

「彼氏？」

さぐりを入れると、そんなのいねえよとあっさりした答えが返ってきた。本当に飴屋が和希の言っていたクソビッチなのだろうか。雰囲気はあるが、まだわからない。

「実家が道場ならおまえも強いんだろうな」

「それほどでもないよ」

「その言い方は相当強いな」

「え？」

「弱いやつほどよく吠《ほ》える、の逆」

飴屋はおかしそうに笑い、成田に視線を寄こしてきた。

「今日はなかなかいいのに会えた」

「俺のこと？」

「他に誰がいるんだよ」

共犯者のように頬を寄せられ嬉しくなった。一見お高そうに見えるのに、もったいぶらないストレートな物言いや態度もいい。近くで見ると切れ長の一重の目が吸い込まれそうに美しくて、酒は強いほうなのにくらりと酩酊《めいてい》したような感覚に陥る。

「俺も今夜はすごいラッキーだ」

「おまえなら、よりどりみどりだろう?」

「だったらいいけど」

「いつもお兄ちゃん止まりというか」

さっきの和希の言葉を思い出し、思わず口がへの字に曲がった。

「なんだ、それ」

「ついさっきも『俺は悪い男が好き、あなたはお兄ちゃん』って断られたし」

「へえ、好きなやついんだ?」

しまった。余計なことを言ってしまった。

「けどその断りかたは笑えるな」

「うん?」

「おまえとは寝ないけど一応キープって意味だろう」

的を射た言葉にぐさりときた。しかし成田は美人にいたぶられるのが嫌いではない。正直に言うと好きだ。マゾヒスティックな快感に浸っていると、飴屋が言った。

「俺はそんなめんどくせえのはごめんだな。寝もしない男とだらだらするなんて時間の無駄だ。そう思わねえ？」

切れ長の目で誘うように問いかけてくる。ものすごい色っぽさに、ぐわりと心拍数が上がった。ああ、やばい。これはど真ん中だ。ビッチ好きの血がざわめくのを感じながら、これまでの友人の声を思い出していた。

――あんな性格悪いやつのどこがいいの？

――早く別れたほうがいいって。

昔から恋をするたび、ゲイの友人から進言されてきた。しかし恋や愛なんてものはいつも理屈以外の場所で回りはじめ、本人にも止められないまま加速していく。

「店、出る？」

飴屋が聞いてくる。三日月の形に持ち上がった口角が美しい。うっとりとうなずこうとしたとき、尻ポケットで携帯が鳴った。すごいタイミングの悪さだった。

飴屋が身を引いてしまう。せっかくのいい雰囲気が途切れてしまい、舌打ちしたい気分で携帯を見ると和希からのラインで、ようやく本来の目的を思い出した。

「ごめん、すぐ戻るから帰らないで」

席を立ちながらそう言うと、飴屋は頬杖《ほおづえ》で笑っただけだった。
成田はトイレに入り、急いでメッセージを読んだ。
《どんな感じ？　クソビッチいた？》
途中からすっかり和希のことを忘れていた上に、思い出した今となっても大事なところで邪魔をされたもどかしさをぬぐえない。
《そういう人はいなかった。今日は空振りじゃないかな》
携帯に文字を打ち込んでいく。嘘《うそ》はついていない。クソビッチなんていなかった。いたのはとっても魅力的な自分好みの美人だけだ。送信して戻ろうするとまた携帯が鳴った。
《なんだ残念。じゃあ上くる？》
《ごめん、今日はもう帰るよ》
そう打ちながら、早く戻らねばと気持ちが急いていた。あんまり待たせると飴屋は帰ってしまいそうだった。美人は待たないものと相場が決まっているし、そうでなくとも自分がいない間に他の男にさらわれそうで心配だった。
メッセージの送信ボタンを押したと同時に、がちゃりとドアノブが回る音がした。あ、鍵《かぎ》をかけ忘れていたと思ったときには遅く、トイレのドアが開いた。
「……え？」
入ってきたのは飴屋だった。

「待ちきれないからきた」

「まじ?」

目を見開き、次に思い切りにやけてしまった。飴屋はいたずらっぽい笑みを浮かべると、後ろ手でトイレの鍵を閉め、すばやくこちらにやってきた。成田の首に腕を回し、あっという間に唇が重なった。突然のことに驚きながらも、反射的に抱きしめ返していた。

「……おまえ、いいな。俺にちょうどいいサイズだ」

唇をふれ合わせたまま、飴屋がさらに身体を密着させてくる。

「広すぎず、せますぎず、ジャストフィット」

笑いながら首筋に鼻をこすりつけてくる。クールな雰囲気をあっさりと裏切る甘い仕草にどきりとする。気分屋な猫のようで、成田は今度は自分からキスをした。

「……ん」

形のいい薄い唇が開いて、奥から濡《ぬ》れた舌が顔を出して成田のそれを搦《から》め取る。迷うことなく応えて深くくちづける。相性がいいと思った。抱擁とキスだけでもなんとなくわかる。唇を離したときには、ぼうっと頭の芯《しん》が痺《しび》れているほどだった。

「店、出ようか」

ほっそりしているのに適度に筋肉がついている身体を抱きしめ、夢心地でささやいた。十分ほど歩いたところにホテルがあったなと算段していると中心にふれられた。

「こんな状態で出られねえだろ?」

そこはしっかりと布地を持ち上げていて、成田は照れ笑いをした。

「少し待って。鎮める」

「無理だろ。こんなになってて」

やんわりともみしだかれ、ダメだってと笑って制したが、飴屋の手つきはますます淫猥《いんわい》になっていく。こらえきれずに吐息をもらすと、飴屋が成田の前にしゃがみ込んだ。慣れた手つきでファスナーを下ろされ、勃《た》ち上がっているものを取り出された。

「え、ちょ、待っ……っ」

綺麗な顔が寄ってきて、先端にやわらかく濡れた舌がふれる。瞬間、理性が崩れた。敏感な場所を舌先でくすぐられ、熱くてぬめった口内に深く呑《の》み込まれていく。腰が砕けそうな快感と、ときおり立つ濡れた音に鼓膜ごと煽《あお》られる。

もっとよく見たくて長めの薄茶の髪をかきわけると、形のいい額に薄いバツ印があることに気づいた。鋭利なもので切られたような——傷跡にふれると、飴屋が視線を上げた。

成田と目を合わせたまま、見せつけるように根元から舌を這《は》わせてくる。ひどく卑猥で美しい。間接照明だけの薄暗い個室の中で、視覚効果も相まって瞬く間に限界がやってくる。

「も、やばい……んだけど」

はずむ息で訴えると、ますます口淫が深くなる。

切羽詰まった欲望のまま、小さくて形のいい後頭部に手を当てて腰を押しつけた。

「……っ、んっ」

放出のたびに飴屋の喉仏が上下する。せまい喉奥へと呑み込まれる感覚は気が遠くなるほど気持ちいい。余韻《よいん》に息を乱していると、力を失くした性器が解放される。飴屋は立ちあがって成田の首に腕を回し、終わり、とぺろりと上唇をなめてみせた。

「今度は俺の番だな」

甘くキスをねだられ、滴るような色っぽさに胸ぐらをつかまれた。口淫のあとだというのにかまわずくちづけた。舌を絡めながら、ひどく興奮している自分を自覚する。

「飴屋さん、ここ出よう。近くにホテルあるから」

「待てねえよ。ここでいいだろ」

ぐっと膝《ひざ》を入れられ、再び勃ち上がりかけていたものが疼《うず》いた。

「ここで?」

バーのトイレで最後までって、さすがにやばいだろう。理性は止める。しかし手は勝手に飴屋の細腰を抱きにかかり、互いのものがこすれる感覚に夢中になった。

「……飴屋さん」

細い首筋に吸いついて飴屋のベルトを外したそのとき、いきなりドアを蹴《け》られた。びくりと動きを止め、ふたりでドアのほうを見た。

「中でなにしてんだ！　早く出てこい！」

すごい怒号に、背中にぶわっと汗が湧いた。

「やばい、すぐ出よう」

焦ってファスナーを上げると、飴屋は舌打ちをした。

「なんだよ、いいとこだったのに」

トイレのドアをガンガン蹴られているにもかかわらず、飴屋は焦った様子も見せずにベルトをしめ直している。繊細な見た目とは裏腹に、かなり根性が据わっている。いや、そんなことはバーの個室でことに及ぼうとしたことから推して知るべしなのだが——。

「早く開けろ。出てこないならぶちやぶるぞ！」

「はいはい、今開けます」

オネエ風のマスターだったけど怒ると怖いなと思いつつ、低姿勢でドアを開けた。しかし立っていたのはマスターではなく、まあまあ長身の男前だった。

「飴屋くん！」

男の視線は成田を通り越し、後ろにいる飴屋に集中していた。男の後ろになにごとかと集まっている野次馬の姿。一体なんなんだと戸惑う成田に、男がつかみかかってきた。

「おまえ、人の男になにしてやがる！」

「人の男？」

と問う間にも、男の拳が顔めがけて飛んでくる。とりあえず手のひらで受け流し、軽く足を払った。力は込めなかったのだが、男がバランスを崩したので成田が支えた。

「あの、もう少し落ち着いて話しませんか？」

「離せ！」

男は顔を真っ赤にして成田を突き飛ばし、今度は飴屋につかみかかった。

「飴屋くん、ひどいじゃないか。こないだ別れたとき、またここでって約束しただろう。俺は毎日通ってたのに、なんできてくれなかったんだ。ようやくきたと思ったらこんな男と」

とにらみつけられ、成田は身の置き所なく頭をかいた。

これはどう見ても恋人同士の修羅場《しゅらば》だ。この落ち着きのない男が飴屋の恋人なのか。なんだよ男いんのかよと激しい落胆に見舞われたが、そんな場合ではなかった。知らなかったとはいえ、恋人同士が待ち合わせをしている店で横恋慕のような真似をしてしまった。これは謝罪したほうがいいと成田が口を開くよりも先に、飴屋が腕組みで首をかしげた。

「つか、おまえ誰？」

えっと男がまばたきをした。

「誰って、俺だよ、俺」

「どこの俺？」

「二ヶ月前ここで会っただろう」

「えらい前だな」

「ちゃんと愛を確かめ合っただろう」

「なんだそりゃ」

「ここから歩いて十分の『ブルームーン』で」

近所のホテルの名前に、ようやく飴屋が「あー」とうなずいた。心当たりがあるようだ。

「やったけど、愛は確かめ合ってない」

「い、いや、でもこの店で待ってるって言ったじゃないか」

「だから？」

淡々とした問い返しに男は泣きそうに顔を歪《ゆが》め、成田にも事情が呑み込めてきた。一夜の遊びに本気になっちゃったのか……と男に同情半分、思い込みの激しい男だとあきれ半分で推移を見守っていると、飴屋がまあまあと男の肩を慰めるように叩いた。

「たかが一回やったくらいでそう思い詰めんなよ。大人になったら手をつなごうが、キスしようが、セックスしようが恋人になるとは限んないって、なんかの宣伝で言ってたぞ」

しょっぱすぎる。しかしリアルな現実に成田もギャラリーもうなずいたとき、

「そんな言い草があるか！」

野次馬の中から小柄な男が飛び出してきた。

「憲《けん》くん？」

泣きそうだった男が目を見開いた。

「憲くん、な、なんでここに」

「うるさい、どいて！」

ドンと男を突き飛ばし、今度は小柄な男が飴屋につかみかかった。

「人の男喰い散らかしといてどんな言い草だよ。少しは反省しろ！」

がくがくと飴屋が揺さぶられる。どうも男の恋人らしく、ネコ同士の喧嘩《けんか》に割って入るのを成田がためらっていると、野次馬の中から別の声が上がった。

「って言うか、俺もあいつに男喰われたことある。俺だけじゃなくて友達も」

その言葉に続くように、またどこかから声が上がった。

「でも一、二ヶ月に一度の割で全部一晩でポイだろ？」

「たまにくる天災だと思ってあきらめたほうがいいんじゃない？」

「被害に遭ってないやつは黙ってろよ！」

飴屋に食ってかかっている小柄な男が振り向いて怒鳴った。

「なによ、ふられたからって八つ当たりはやめてよね」

騒ぎが飛び火し、だんだんと空気が険悪になっていく。

「なんで俺らが喧嘩してんだよ。その飴屋ってやつが元凶なんだろう」

「そうだよ、あいつが諸悪の根源だ。おい、なんとか言えよ」

みんなの視線が飴屋に集中し、やばい雰囲気を察した成田は思わず間に入った。

「ちょっと待ってくれ。そもそも浮気はひとりじゃできないんだし、誘いにのった側も悪いだろう。不満があるなら、まずはカップル同士で話し合うのが先なんじゃないか」

「……なっちゃん、なんでそっち庇《かば》ってんの？」

ふいに名前を呼ばれ、見ると野次馬の中に和希の姿を見つけた。

「下のバーで騒ぎが起きてるって聞きつけてきたんだよ。なっちゃんがんばってくれてるんだと思ったのに、なんで白馬の王子さまポジションやってんの？」

じろりとにらまれた。おっしゃる通りだが、多人数でひとりを責める図は嫌いなのだ。もう何角関係なのかわからないくらいだが、やるならサシでやってほしい。

「いっぺんに言っても飴屋さんもわからないだろうし、ここはひとりずつ」

意見陳述を求める裁判官みたいな成田に一斉にブーイングが湧く。おまえは飴屋のなんなのだ。恋人だったらちゃんと取り締まっておけ。ただの食われた男ならどうせ捨てられるから期待するな。そんなビッチのどこがいいんだと、なぜか非難の的になってしまった。

「サシでやれっていうならやってやる。そいつ寄こせよ」

乱暴に伸びてきた腕を、暴力はやめようよとつかんで軽くひねり上げる。しかしまた違う手が伸びてくる。それを払ったりひねったり、これではキリがない。

「このままだと治まらないから、飴屋さんから一言謝罪を――」

振り返ると、さっきまで背後にいたはずの飴屋の姿がなかった。

「あれ？」

きょとんとする成田に、野次馬もようやく異変に気づいた。あいつどこいった、いないぞとみんながざわざわとあたりを見回す中、オネエのマスターがやってきた。

「あんたたち、なにしてるのよ。飴屋くんならもう帰ったわよ」

「は？」

成田はまばたきをした。

――帰った？

――というか逃げた？

――俺を生贄《いけにえ》にして？

「伝言よ。『みんな、すまん』だって」

あっさりとした謝罪に、エキサイトしていた空気がすうっと静まった。恐る恐るみんなを見ると、一斉に冷たい視線が突き刺さり成田は身を縮めた。

「勝ち逃げされたか」

「食い逃げだろ」

「あの大男が邪魔しなけりゃ一発くらい殴ってやれたのに」

口々にぼやくみんなについて成田も店内に戻ると、ご立腹の和希が待ち構えていた。

「ミイラ取りがミイラってサイテー。もう連絡してこないで」

背に怒りをにじませて店から出ていく和希を、成田は溜息まじりに見送った。お怒りはごもっともだが、そもそも傷つけることを目的に人に近づくなんて気が進まなかったのだ。ちょっと気に入っていた子だったけれど、もういいやという気分だった。

それよりも飴屋を逃がしたことが惜しかった。せめて連絡先を交換しておけば……。いや、まだ近くにいるかもしれない。さがしてみようと慌ててマスターに会計を頼むと、

「飴屋くんが一緒に払っていったわよ。今夜の詫《わ》びだって」

見事すぎる去り際に、成田は財布を開きかけた間抜けなポーズで立ち尽くした。


あの夜から、成田は悶々《もんもん》と日々をすごす羽目になった。ふとしたとき、あの夜のことを巻き戻してしまう。見せつけるような口淫のあと、こちらに向けてからかうように唇をなめた飴屋の色っぽさ。今日など、こともあろうに稽古中に思い出しかけて慌てまくった。

渦巻く煩悩《ぼんのう》を払うため、みんなが帰った道場で成田はひとり稽古に打ち込んだ。三戦立ちで正拳中段突きを繰り返す。身体に沁《し》み込んだ型を繰り返すことで心が無になる。

別に煩悩に身を任せてもいいのだが、さすがに次にいつ会えるかもわからない、あんな不二《ふじ》子《こ》ちゃんレベルのビッチに熱を上げるのはつらい。ツンツンいじめられるのは好きだが、放置

プレイはさびしいので遠慮したい。成田は正統派犬系男子だった。

――ああ、けど、めちゃくちゃ好みだったなあ……。

結局煩悩は払いきれないまま、汗だくで道場の裏手にある家に戻ると、居間で夕刊を読んでいた祖父が立ち上がった。テーブルには成田の分の夕食の皿が準備してある。

「あ、祖父ちゃん、ごめん。今日は俺が夕飯当番だった」

「構わん。あっためといてやるから先に風呂を使え」

祖父は台所に立ち、鍋のかかったガスレンジに火をつけた。最近めっきり縮んだように見える背中にありがとうと声をかけ、成田は風呂へ行った。汗を流し、さっぱりして居間に戻ると夕飯が調えられていた。豆腐の味噌汁、茄子《なす》と豚肉のみぞれおろし、カレイの煮つけまではいいとして、アボカドとトマトのサラダに驚いた。

「祖父ちゃん、こんなのよく料理したなあ」

和食一筋、齢《よわい》七十を越した祖父が洋野菜を使うなんて――。

「アボガドは栄養がある。森のバターと呼ばれとる」

「祖父ちゃん、アボカドだよ」

「ん？」

「アボカド」

「アボガド」

「まあいいや。これワサビきいててうまいね」

成田は大口でサラダを頰《ほお》ばった。二年前に祖母が亡くなるまで、祖父が台所に立つ姿など見たことがなかった。最初は苦戦していたが、毎日出ていた道場を週二にして時間ができてから祖父の料理の腕はメキメキと上がった。しかも和食をこよなく愛する祖父がアボカド。すごい進化というか変化に、成田はわずかな不安を感じた。

「祖父ちゃん、血圧とか最近どう？」

「いきなりなんじゃい」

「そろそろお迎えくるのか？」

「不吉なことを言うな」

脳天に手刀を振り下ろされた。めちゃくちゃ痛い。さすが老いても師範。しかし人が急に躍進したり変わったりする場合、ドラマではたいがい死ぬ。孫として心配にもなる。

「おまえの嫁さんとひ孫を見るまで、わしは死ねんわ」

なるほど、そうきたかと成田は身構えた。祖父はさりげなく畳に置いていた薄いアルバムに手を伸ばし、それを成田の前で開いて見せた。

「神田道場の師範から回ってきたんじゃが、なかなか愛嬌《あいきょう》のある娘じゃぞ」

「あー……、うん、そうだね。でも俺はいいよ」

若い女の写真を見ないように煮つけをほぐしていると、祖父は溜息をついた。

「清玄、おまえは堅物すぎる。武道を極めんとするならチャラチャラ女と遊ぶ時間などないのはわかるが、おまえは行きすぎじゃあ。最近またひとり稽古が増えたじゃろう」

それは美しい誤解だった。稽古に打ち込んでいるのは、処理に困るほどの煩悩にまみれているからだし、その相手が女の子ならなんの問題もない。さっさと報告して、祖父が熱望している嫁さんとひ孫の顔を見せてもやれよう。しかし自分はゲイだ。

「清玄、連れ合いのいない人生はさびしいぞ」

「うん、そうだろうね」

「わしもいつまでこの世にいられるかわからん」

「大丈夫だよ。さっきの手刀の威力なら」

「清玄」

渋い顔で名を呼ばれ、ごめんと謝った。

祖父の心配はわかる。もしも祖父が他界すれば、成田はひとりになる。

成田は幼いころに父を亡くしたあと、長い間、母の実家であるこの家で、母と祖父母の四人で暮らしてきたが、成田が中学二年生のときに母親が再婚した。最初は成田も新しい父の家で一緒に暮らしたが、半年ほどで祖父母の家に帰ってきてしまった。

義父はごく普通の人だったが、小学二年生だった義妹が問題だった。向こうの家族は実の母親を長患いの末に亡くしていて、義妹は気持ちの不安定な子だった。新しい母親になついてくれたのはよかったが、独占欲が強く、成田が母親と話すとひどく拗《す》ねた。

成田自身はちょうど思春期で、母親には素っ気ないくらいだったと思うのだが、実の母親に甘えられなかった分、義妹は母親のすべてをほしがった。

義妹を気遣って母親とあまり話をしなくなった成田を義父が気遣ってくれたが、今度は「わたしのお父さんなのに」と大泣きされ、なぜか小学校にも行かなくなってしまった。あまりに情緒不安定な様子に、しかたないので成田は一足先に大人になる決意をした。

「俺、祖父ちゃんちで暮らすよ」

成田の言葉に母親は泣きだしてしまい、義父は申し訳なさそうにうつむいた。思い通りになったのに、今度は自分だけが悪者になったと義妹は怒りながら泣いた。

「悪者なんかじゃないから気にしないで」

成田は笑顔で幼い義妹の頭をなでてやった。そうするしかなかった。

半年足らずでひとり出戻ってきた成田に、今度は祖母がしくしくと泣きだした。清玄がかわいそうだ、不憫《ふびん》だと小さな身体を丸めてあんまり泣くものだから、

「大丈夫だよ、気にしないで」

と成田はまたもや笑うしかなかった。祖父は初めて見るような情けない顔で、しかしなにも言わず成田を道場に引っ張っていき、気のすむまで稽古につきあってくれた。

あれから十年が経った。母や義父からはいつでも帰ってきなさいと言われたけれど、やはり

頻繁に帰る気にはなれず、大学に入ったころには盆暮れの帰省すら滞るようになった。今では帰るより行くという感覚で、向こうは向こうで成田抜きで『家族』になっている。恨んでいるとか確執とかはないけれど、限りなく他人に近い身内という感覚だ。

夕飯のあと、九時を回ると祖父は自室へ引き上げてしまう。早寝早起きが信条の人だ。祖父の趣味で時代劇を映していたテレビを切ると、ふっと部屋が静かになった。

——わしもいつまでこの世にいられるかわからん。

静けさが耳に痛くて、成田はしかめっ面でがりがりと頭をかいた。

祖父亡きあと、多分、自分はこの広い家を持て余すだろう。祖父はそれを心配してくれている。気持ちはありがたいし、自分もどうにかできないかと思っている。結婚して家族を作ることができないのなら、せめて安定したパートナーがほしいと思っている。

テーブルに置きっぱなしの見合い写真に、成田はちらっと目を向けた。もしかしたらの期待に手を伸ばし、中の写真を今度はちゃんと見てみた。若い女の子が笑っている。えくぼが素朴で性格がよさそうだ。でもただそれだけ。それ以上気持ちが動かない。やっぱり自分はゲイなんだなと、今さらのように再確認しただけだった。

「……あーあ」

声に出して畳に大の字に寝転んだ。嫁はともかく、せめて恋人がほしい。目をつぶると、ふっと飴屋の顔が胸をかすめた。美しい横顔。しかしあんな不二子ちゃん相手にどうにかできる気がしない。それ以前に連絡先すら知らない。

——ほんとにもう会えないんだろうか……。

どうしてあのときみすみす逃がしてしまったのか。いくら騒ぎの最中だったとはいえ迂闊《うかつ》すぎる。自分の大馬鹿野郎。ああ、この落胆をどうやってぬぐえばいいんだろう。いつの間にか悩みが入れ替わっていることに気づかないまま、成田は悶々と後悔にさいなまれ続けた。


もう一度飴屋に会いたい。その気持ちがどうにも抑えきれず、あれから小暮町のバーに通い詰めた。結果は空振りで、成田は恥を忍んで飴屋のことをマスターに尋ねた。

「惚れちゃったの？」

「え、いや、まあ、その、なんというか……」

照れくささをごまかしていると、マスターは気の毒そうに溜息をついた。

「飴屋くんはダメよお。簡単にやらせてくれるけど、特定の男は絶対に作らないわ。身体が目当てならお好きにどうぞだけど、本気で惚れたら傷つくだけだからやめときなさい」

「……そうですよね」

しかし、やめろと言われると余計に燃えるのが男心というものだ。しかたないので気持ちが醒めるまではバーに通うかとあきらめの境地に入った。どうせ気楽な独り身だ。

とはいえ、恋愛にばかりうつつを抜かしていたわけではない。

道場の後継ぎとして、日々の仕事にも励んでいた。

成田の道場では三ヶ月に一度、それぞれのクラスの体験入門がある。地方の道場は広告よりも口コミ、特にジュニアクラスは母親同士のネットワークに頼るところが大きい。人妻ホイホイと異名をとるほどのイケメン細マッチョである成田目当てに、その日も子供連れの若い母親で道場は満員御礼だった。成田はもちろん招き猫として受付係に配置された。

「七歳、小学一年生だね。名前は飴屋論《ろん》くん、飴屋、あめ……？」

書類から顔を上げると、幼いながら整った顔立ちの子供と目が合った。その後ろに、もう千回ほど脳内再生を繰り返して胸に焼きついた美しい顔があった。

「あ、飴屋さん……っ」

思わず受付台から立ち上がってしまった。

「あれ、あんたどっかで……」

飴屋は記憶がさだかではないようで、成田はさっそく傷ついた。

「先々月、小暮町でお会いした者ですが」

そう言うと、飴屋が数秒の間をはさんで真顔になった。

「ああー……、ああ、はいはい、あれね。はじめまして飴屋です」

にこやかに手を出され、成田は反射的に両手でにぎり返した。

「どうも。でも、はじめましてじゃなくて」

「今日は息子がお世話になります。どうもどうも、はじめまして」

「いや、だから先日小暮町で」

「うんうん、はじめまして」

ギリギリとすごい力で手をにぎられ、ようやく我に返った。ここは小暮町のゲイバーではなく、自分は空手道場の師範代で、飴屋は保護者としてここにいる。

——ん、保護者？

遅ればせながら、成田は飴屋と子供を見比べた。さっき飴屋は確かに『息子がお世話に』と言った。この子は飴屋の子なのか？　ゲイなのに？　え？　え？

「ろーん、朋《とも》さーん」

混乱する成田の目に、こちらに駆けてくる若い女性が映った。二十代前半、明るい茶色のロングヘアが昔はやんちゃをしていたんだろうなと思わせる、かなりの美人だ。

「おかあさーん」

子供は嬉しそうに、飴屋はしかめっ面で振り返った。

「のばら、おせーんだよ。昼前には帰ってくるって、おまえの昼前は二時か」

「ごめんなさい。バイトが急に休むって連絡してきたもんだから」

のばらと呼ばれた女性が飴屋を拝む仕草をする。

「おかあさん、お昼、おとうさんとポカポカ弁当食べた」

「そう、あそこのお弁当おいしいよね。朋さん、ありがと」

お父さん、お母さん、子供。どう見ても円満な家族の風景を、成田は百万光年ほど離れた場所から眺めた。つまり飴屋は男とも寝るゲイだが、女と結婚して子供を作ることもできるバイセクシャルというわけで、つまりこれはゲイには一番悲惨な失恋パターンだった。

「……じゃあ、体験教室は二時半からなんで」

しょぼしょぼ声をかけると、飴屋が思い出したようにこちらを向いた。

「服装は動きやすいものでお願いします。着替えが必要なら道場のロッカーを開放しています」

成田が差し出した案内書を受け取り、

「悪いな」

飴屋はささやくような小声で言った。それは土曜の昼下がりには不似合いなひそやかさで、思わず視線を上げたときには飴屋はもう背中を向けていた。

体験入門では簡単な型稽古をする。十歳以下のクラスでは、簡単だが動きの派手な恰好いい型を教える。楽しそうに突きや蹴りの真似事をするチビたちの中で、かなりいい動きをするチビがいた。飴屋の子供で、確か論という名前だった。型はともかく動きにキレがあり、腰がしっかり入っている。鍛えればかなりいい線にいきそうだった。

子供たちの稽古のあとは、成田と山賀でフルコンタクト空手を見せた。柔道と違い胴着をつかんではいけないため、乱れ飛ぶ打撃に観戦する側もエキサイトする。成田の強烈な蹴りがヒットした瞬間、子供たちよりも母親のきゃーっというピンクな声が道場に響いた。

「山賀さん、わざと負けたでしょう」

試合のあと小声で問うと、サービスだよと返ってきた。

「こういうときこそ、人妻ホイホイを最大活用して入会数を増やさんと」

「神聖な道場でなにやってんですか」

「甘い。今は不景気でどこの道場も大変なんだぞ。師範が引退したら次の道場主はおまえなんだから、こういうときこそ気合い入れて営業しろ。ひとりでも多く人妻を落とせ。ペラペラしゃべらず、笑わず、寡黙に一礼する。ストイックな武道家キャラで売れ」

山賀に背中を押され、成田は道場の出口で保護者のみなさんを見送った。黙礼を繰り返すたびにお母さん同士の好意的なひそひそ声が聞こえ、なんだか詐欺を働いているようないたたまれなさに襲われる。

「論、さっきすげえ恰好よかったぞ」

その声に、はっと顔を上げた。やはり飴屋だった。一家はすでに通りすぎていくところで、飴屋は美人な奥さんと並んで歩き、息子の論を肩車していた。

「蹴りにキレがあった。さすが俺らの息子、喧嘩の才能あるわ」

「おとうさん、喧嘩じゃなくて空手だよ」

「似たようなもんだろ」

全然違うし――と心の中で言い返す気力もない。土曜の昼下がり、美人の奥さんと美形の息子を肩車する飴屋はどう見てもよきお父さんで、先日のビッチぶりの影もない。一体どちらの飴屋が本当なのか。考えても意味はない。自分に割り込む余地はない。

――くそっ、妻帯者がゲイバーきてんじゃねえよ。

あんなに会いたいと願っていたのに、残酷すぎる再会に男泣きしたい気持ちだった。


体験入門が終わると、道場は通常通りシニアクラスに開放され、成田は一旦《いったん》家に戻った。祖父は台所で天ぷらの習練に励んでいて家中が油くさい。成田は縁側に避難して庭を眺めた。あっけない失恋にどんより落ち込んでいると、庭先に山賀が顔を出した。

「若先生、お客さんです」

次期後継ぎとして、表向きでは他の師範代も敬語を使う。

「飴屋さんという方で、事務所でお待ちいただいてますけど」

その途中、どうもーと山賀の後ろから飴屋が顔を出した。

「困ります。こちらは師範のご自宅ですので」

「あ、山賀さん、知り合いだから大丈夫です。稽古中にすみません」

成田がそう言うと、山賀ではと道場に戻っていった。

「よう、さっきは驚かせて悪かったな」

飴屋が庭に入ってくる。

「……そうだね、かなり驚いたよ。今も」

しかめっ面でどうぞと隣を勧めると、飴屋は悪いなと縁側に腰を下ろした。

「で、今度はなにしに？」

「今日もだけど、こないだも悪いことしたなと思って」

「庇った俺を置いてひとりでさっさと逃げたこと？」

「そう。あんときは助かったわ。サンキュウな」

「いいよ、別に」

ぶすっとしたまま答えた。

「まあまあ、そんな怒んなよ」

「別にあのときのことは怒ってない。それより今日の光景のほうがショックだった。まさか奥さんも子供もいるお父さんが夜な夜なゲイバーで――うっ」

いきなり足を蹴られた。飴屋が目で後ろ後ろと合図をしてくる。振り向くと、盆を持った祖父がいたので焦った。

「清玄、お客さんがきとるなら茶くらい出さんか」

いらっしゃいと飴屋に声をかけ、祖父は縁側にお茶と天ぷらののった盆を置いた。

「わしはちょいと河西《かわにし》んとこに行ってくる。夕方には戻る」

河西さんは祖父の長年の将棋仲間だ。飴屋にごゆっくりと言い置いて祖父が出ていく。完全に気配が消えるのを待ってから、飴屋はおもむろに口を開いた。

「さっきの続きだけど、論がもうすっかり空手やる気になってんだよ。前からやらせてくれってねだられてて、今さら俺の都合でダメなんて言えないだろう」

そういえば知り合いが空手をやりたいと言っているので調べたと言っていたっけ。あのときは彼氏かと思ったが、息子に比べたら彼氏のほうがずっとマシだった。

「つまり今日は謝罪じゃなくて、小暮町の一件の口止めにきたと」

「いや、三割くらいはおまえへの謝罪だ」

「少なくない？」

思わず隣を見ると、飴屋はからかうように目を細めた。くそっ。

「わざわざ口止めされなくても、そんなこと言わないよ。だいたい俺だってソッチのことは隠して生きてるんだから言えるはずないだろう」

「なるほど。そりゃ安心だ」

飴屋がほっとうなずく。家庭持ちだったらそりゃあ心配だったろう。気持ちはわかるが、初めて会った日から抱いていた飴屋への好意は目減りした。ビッチな不二子ちゃんタイプは好きだが、子供がいるなら話は別だ。親には責任というものがある。

中二の成田が祖父の家で暮らすと言ったとき、母親はごめんなさいと泣いた。けれど反対はしてくれなかった。平気なふりをしていたけれど自分は傷ついていたし、放り出されたようにも感じていた。あれから十年、母親とは間遠になった。親子の絆《きずな》は固いというけれど、切れるときはあっけなく切れるということを成田は身をもって知っている。あとで思い返して、あの瞬間がそうだったと思っても結び返すことはできない。

「茶うけに天ぷらって斬新な家だな」

飴屋がシソの天ぷらに箸《はし》を伸ばす。さくりと心地いい音がした。

「爺さん、うまいこと揚げるなあ。手作りの天ぷらなんて何年ぶりだ」

「作ってもらえばいいのに。あの美人の奥さんに」

つい嫌味っぽい口調になってしまった。

「のばら？　ダメダメ、あいつは料理ド下手。努力はしたけど才能なし」

けなしているのに、それが逆に身内の情を感じさせた。

「それに別居中だし」

「え？」

「俺ら、別れて暮らしてんだよ」

これから論をあずけるんだからと、飴屋は簡単に家庭事情を説明した。

飴屋は成田のひとつ年上の二十五歳で、飴屋とのばらは十八歳と十七歳でできちゃった婚をし、そのときの子供が論だ。しかしこの春、のばらからの申し出でふたりは別居することになった。同じアパートの一階と二階で籍は入ったまま、論はのばらが育てているが、昼は運送屋の仕分け業務、夜も介護学校と居酒屋のバイトがあるので飴屋が論をみることも多い。

「アパートの一階と二階で別居する意味あるの？」

「若い女とガキだけなんて危ねえだろう」

「そう思うなら一緒に住めばいいのに」

「のばらが別居がしたいって言ってきかねえんだよ」

成田は首をひねった。女の人は愛が冷めるととことん冷たくなるという。顔はおろか、気配ですらムカつくと言ってふられたストレートの友人がいたが、道場での様子を思い出してもふたりは仲のいい夫婦に見えた。もちろん個人差はあるだろうが。

「バイなのがばれたとか？」

「いや。あいつは結婚する前から俺が『そう』だって知ってるし、そういうのを我慢するのはストレスがたまるから適当に楽しんでくれってお許しももらってる」

ぎょっとした。成田からは考えられない、さばけすぎた夫婦だ。

「あいつも色々考えてんだろうけど、素直に俺を頼りゃあいいのに意地張りやがって。昼の仕事だけでもしんどいのに、資格取るとか言って夜も介護学校とかバイトとか」

「最初はバイでも大丈夫と思ってても、一緒に暮らすうちやっぱり耐えられなくなってきたんじゃないかな。旦那にゲイバーで男漁《あさ》りされて平気な奥さんはいないだろうし」

「どうかねえ。うちの場合、そういうのとはまた違う気もするけどな」

「とりあえず、もう少し自重したら？」

「自重？」

「バーであんな騒ぎになるようなこと」

「おお、あれなあ。帰ってからさすがに反省したわ。けどやる前に『恋人いる？』って聞くのもどんくせえし、さりげなく探り合うとかも面倒だし、どうすりゃいいんだろうな」

飴屋はうーんと腕組みで首をかしげる。

「悪いことしたとは思うけど、正直、酒飲むとこで大人が合意の上でやったことだしなあ」

「それはそうだけど」

「あとになって外野からああだこうだ言われてもどうしようもねえしなあ」

「それもそうだよね」

「そっちの揉め事はそっちで片づけてほしいというか」

「本人同士で解決してほしいよね」

「おまえもそう思うだろ？」

そこで、はたと考えた。飴屋の言い分は正しい。しかし――。

「いいや、やっぱり飴屋さんが悪い」

「ああ?」

飴屋が不服そうに問い返す。

「飴屋さんが一晩限りって思ってても、相手の男を思わず本気にさせてしまう魅力が飴屋さんにはあるってことで、だから余計な争いが生まれるんだ。綺麗な人っていうのはそういうことを自覚して、余計な争いを生まないように気をつけるべきだよ」

「なんだ、その痴漢されたくなかったらミニスカートはくな的な言いがかりは」

「そんなことは言ってない」

「いいや、今のはもろに野郎側の勝手な言い分だった」

「それはごめん。でも綺麗ってそれだけ罪なんだってことをわかってよ」

自分も昨日までどっぷりハマっていた。かわいそうな俺……とメランコリックな溜息をつくと妙な視線を感じた。隣を見ると、なんともいえない顔の飴屋と目が合った。

「俺、今、口説かれてんのか?」

苦笑いで問われ、はっと我に返った。いやいやいやと目をそらしながら、まるきり口説き文句だった自分のセリフに焦りがこみ上げた。やっぱり飴屋は罪な男だ。

「飴屋さんなら一晩限りじゃなく、ちゃんとした彼氏いくらでも作れるだろう」

バツの悪さをごまかすように話題を変えた。

「そういうのはいい」

「なんで」

「当たり前だろう。嫁も子供もいんのに」

「別居宣告されてるのに」

「悪かったな」

飴屋はむっとした。

「というか、妻帯者の自覚があるのになんで小暮町に通うかな」

「それとこれとは話が別なんだよ。一晩限りのセックスなんてスポーツやサウナ感覚でああさっぱりしたですむけど、本腰入れて男作るのはさすがにダメだろ」

「飴屋さんのダメの基準がわからない」

「わかってもらおうなんて思ってねえよ。俺らが納得してたらそれでいいの」

「納得してないから、奥さんは別居を言い渡したんじゃないの？」

「レンコンうまいなー」

飴屋は聞こえないふりで、また天ぷらに箸を伸ばした。

サクサクと軽妙な音を立てて、うまそうに天ぷらを咀嚼《そしゃく》している。少し聞いただけでもかなり問題の多そうな家庭のようだが、本人はあまり真剣に悩んでいないように見える。大勢の男たちに詰め寄られたときも、まったく動じていなかった。それどころか華麗に逃げた。肝が据わっているのか能天気なだけなのか、こういう親を持った子供は大変だろう。

「子供がいるんだし、やっぱりもう少しちゃんとしたほうがいいよ」

「ちゃんと?」

「この際、奥さんはいいよ。バイだって知って結婚したんなら自業自得だし、一方的にかわいそうとは思わない。けど子供は別だ。ストレートとかゲイとかバイとか、努力じゃどうにもできないのはわかるけど、結婚して子供作ったんなら、そこは親として自分の欲をセーブすることも必要なんじゃないか。別居とか、親の都合で子供の環境が変わるのはよくない」

ひとりで祖父の家に戻ってきたときの悲しさは今でも忘れられない。

「……うん、まあ、そりゃそうだな」

飴屋は思いがけず素直にうなずき、成田はわずかに後悔した。どこの家にも事情というものがあり、今、簡単に聞かされたことが飴屋家の事情のすべてではないだろう。

「あの、ごめん。俺もなにも知らないのに」

「まあなあ。初めて会ったやつにトイレでフェラされて気持ちよくイった男に、欲をセーブしろって説教されるのもどうかと思うけど、まあこれも縁ってやつか」

おかしそうに肩を叩かれ、成田は顔を赤くしてうつむいた。ああ、まったく恥ずかしいことをしてしまった。偉そうに人に講釈をたれる前に己が立ち位置を顧みろ。

「生きてりゃ色んなご縁ができるよなあ」

飴屋は縁側に後ろ手をついて庭を眺めた。西日を受け、薄茶の髪が透き通ったように光っている。薄暗いバーでは気づかなかったが、飴屋は目の色素も薄い。外国人みたいだが、すうっと切れた目尻が涼しげで、和洋が絶妙にミックスされた美貌に仕上がっている。

見とれていると一筋の風が吹き、飴屋の前髪が流れた。

「……あ」

形のいい額にうっすらバツの印がのぞく。バーの個室でも見た傷跡だ。

成田の視線に気づいて、飴屋が額に手を当てる。

「これ。七年も経つのに消えねえなあ」

飴屋が前髪をかき上げ、傷跡を細い指でなぞる。

「事故かなにか？」

飴屋は曖昧《あいまい》に笑っただけで、それは妙にやばい感じがした。

七年前ということは結婚したころか。もしや女との結婚で逆上したゲイの恋人に切りつけられ……いや、十八歳でさすがに痴情のもつれはないか。しかしこの男なら……。

再び飴屋を盗み見た。西日を受けて産毛が光るなだらかな横顔。うつむきがちにしていると細くて長い首が引き立つ。思わずくちづけたくなるようなラインだ。

「なに？」

ふと飴屋がこちらを向き、性懲りもなく見とれていた自分に気づかされた。

「なんでもないけど……」

もごもごつぶやいていると、飴屋はにやりと笑った。

「俺に惚れるなよ」

思わず顔が引きつった。

「馬鹿、なんて顔してんだ。冗談だよ。嫁持ち子持ちのバイなんかに本気になっても、いいことなんかなんもねえよな。わざわざそんな貧乏くじ引かなくても、おまえ普通にモテそうだし」

「自分で自分のこと貧乏くじなんて言うなよ」

真顔で言った。しかし飴屋は気にせず話し続ける。

「さっきの試合もめちゃくちゃ恰好よかったし、ママさんたちきゃあきゃあ言ってたよな。こないだのバーでも、半分キレてる連中相手に余裕であしらってたし」

「恰好いいと思ってくれてた？」

「店で会ったときからな」

嬉しいはずの言葉が今となっては恨めしく響いた。

「そう言ってもらえて嬉しいけど、現実はなかなかうまくいかないよ」

ごまかすような苦笑いを浮かべた。

「告白したら兄貴扱いされたってバーで言ってたな」

「そんなこともあったね」

「あれからどうよ。なんか進展あった？」

「ない。というか、その子のことをすっかり忘れてた」

「意外と薄情なやつだな」

「もっと好みの人と出会って、その人のことばっか考えてたから」

あんたのことだよ——とちらっと視線をやった。

「その人とはどうなったんだよ」

「失恋した。今日」

こらえきれないように飴屋は吹き出し、成田は口をとがらせた。

「いっつも俺はこうなんだよなあ」

成田は縁側で拗ねたように膝を抱え、大きな身体を縮めた。確かに女からもゲイからもモテるが、成田は自分から惚れないと燃えない性格で、惚れたら一途に尽くしまくる。しかし本人のビッチ好きが災いし、報われない恋愛を繰り返していた。

「自分の選択に問題があるのはわかってんだけど」

「わかってても、どうにもできねえのが惚れた腫《は》れただしなあ」

しみじみとした口調に隣を見た。

「飴屋さんも、どうにもできない恋とかしたことある？」

「ある」

一言。飴屋は顔を上げ、少しずつ赤みを増す夕空を眺めた。そこに誰かがいるみたいに親しげに目を細める。それからこちらを向いて、丸めた成田の背中をぽんぽんと叩いた。

「おまえもいつかいいやつと出会えるって」

「俺をふった人に言われたくないんだけど」

ぶすっとする成田に飴屋は笑った。雑だがあたたかみが伝わってくる笑顔だった。

「とりあえず、これからうちの論をよろしく頼む」

「あ、こちらこそ」

お互い頭を下げ合ったあと、飴屋は、きたときと同じように庭から出ていった。

しばらくの間、成田は縁側に座っていた。嫁も子供もいる身でありながら、バーで男を食う旦那。飴屋は成田史上ナンバーワンのクソがつきそうなほどのビッチだった。これはさすがのビッチ好きな成田でも引く。頭ではそう思う。なのになぜだろう。

どこか憎めない男の残像は、黄昏《たそがれ》の空気の中でなかなか消えてはくれなかった。


「ありがとうございましたっ」

横一列に並んだ立礼で稽古が終わる。シニアクラスになると野太い声が響くのだが、十歳以下クラスのチビたちの場合、ポップコーンがはじけたような愛らしさが漂う。

「え、おとうさん怪我《けが》したの？　いたい？　大丈夫？」

裏手の自宅に戻ろうとしたとき、胴着のまま携帯で話している論に出くわした。

「うん、おかあさんは夜はバイト。大丈夫、俺ひとりでご飯食える」

つたないしゃべりながら、うっすらと事情が透けて見えた。

「論」

声をかけると論がこちらを見た。「お父さん？」と問うと、はいとうなずく。ちょっと替わってと言うと、論ははいと返事をして成田に携帯を渡した。礼儀正しい子だ。

「飴屋さん、俺です、成田」

『おお、びっくりした。おつかれさん』

初めての電話越し、飴屋の声は生よりもやや低く聞こえる。

「ちょっと聞こえたんだけど、なにかトラブル？」

『仕事中に事故っちまって、病院寄るから帰るの遅くなるんだよ』

「大丈夫なの？」

『たいしたことねえよ。けどのばらも今夜は仕事で、論がひとりになるから』

「うちであずかるよ」

『え？』

「七歳の子がひとりで留守番なんて危ない。うちであずかる。飯も食わせておくから」

『そこまで迷惑かけられねえよ』

「遠慮しないで。道場帰りの子になにかあったらうちも大変だから」

『ああ、なるほど。じゃあ、なるべく早く迎えにいくから』

ありがとうと礼を言う声はどこから聞いても優しいお父さんで、成田は安心するやらどこかさびしいやら複雑な気分になった。じゃあと携帯を論に返す。

「先生、お世話になります」

電話を切ったあと、論は立礼の姿勢でぺこりと頭を下げた。七歳にしては本当に礼儀正しすぎる。感心しながら、論を裏手の自宅に連れ帰った。台所で夕飯の支度をしていた祖父に事情を説明し、道場の師範で自分の祖父だと論にも紹介した。

「師範って、若先生よりえらいの？」

「ああ、うちの道場では一番偉い先生だ」

すると論はそれまで以上に背筋を正した。

「押忍《おす》！　お世話になりますっ」

またもや立礼での挨拶《あいさつ》に、祖父も慌てて表情をひきしめ、うむと師範らしく重々しいうなずきを返した。夕飯の前に一緒に風呂に入ろうと思ったのに、論はひとりで入れるという。バスタオルを渡すと、ありがとうございますと、すたすたひとりで風呂に行ってしまった。

「あんなに小さいのに、ずいぶんしっかりした子じゃの」

「お父さんと別居してて、今はお母さんとふたりで暮らしてるからかな」

「ほう、別居」

祖父が繰り返す。

「子供ながら整った顔をしておったな。母親は美人なんじゃろ」

「うん、そうだね」

父親はもっと美人だ……と内心でつけたしていると、祖父がこちらを見た。

「わしはコブつきでも反対せんぞ」

「は？」

祖父はそれ以上は言わず、台所に引き返していった。なにを考えているんだ。

風呂から上がってきた論は、夕飯ができるまで居間の畳に正座で待っていた。足を崩していいと言っているのに、「平気ですっ」と道場レベルの音量で答える。小さい身体でピンと背筋を伸ばしている姿は道場では清々《すがすが》しく映るが、家の中ではなんとなく痛々しい。

「清玄、飯をよそえ」

台所から声がかかり、成田が立ち上がる。一緒に論も立ち上がったが、うっとうめいて畳に倒れ込んでしまった。どうしたと手を差し出すと、さわらないでと叫ばれて驚いた。

「祖父ちゃん、ちょっときてくれ。論がおかしい」

なんじゃいと祖父がやってきて、顔を歪めて倒れている論を見て目を見開いた。

「こりゃいかん。清玄、救急車を呼べ」

成田が携帯を取り出したとき、論がちがうよーと叫んだ。

「あ、足、足がしびれちゃったー」

泣きべそで訴えられ、ぽかんとしたあと、成田と祖父は破顔した。

「なんでそんな我慢して正座してたんだ。普通にしとけばいいんだぞ」

成田はテーブルに皿を並べながら論に言った。論は恥ずかしそうに畳に足を伸ばして座っている。まだかすかにしびれているのか、足の指をつんつんつついている。

「だって、武道は礼にはじまり礼に終わるって先生が言ってたから」

「それは道場でのことだろう。ここではくつろげばいいんだ」

「くつろぐ?」

「普通にしとけばいいってこと」

論は首をかしげた。

「でも……うちの中ではいいけど、外に出たらちゃんとしなさいっておかあさんに言われるよ。人に迷惑をかけちゃダメだって、人に頼るよりも頼られる男になれって」

「見事。近ごろでは珍しい骨のある教育をされておる」

祖父が唐揚げの皿をテーブルに置き、腰を下ろした。

「しかし、子供は甘えるのも勉強のうちじゃ。人に甘えて、頼って、嬉しかったことを今度は自分が大人になったとき子供にしてやれ。甘えたことも頼ったこともない人間は、人に優しくすることもできん。もらったものを次の誰かに渡す。世の中はそうやって回る」

「よのなか?」

論がきょとんと繰り返す。

「祖父ちゃん、七歳に『世の中』はちょっと難しいだろ」

「……む、そうか」

祖父が顔をしかめ、成田は笑って論の頭をなでた。

「論、とにかくここでは遠慮するな。家にいるのと同じように足伸ばしてテレビ見て、たくさんご飯食え。ほら、祖父ちゃんたくさん作ってくれたぞ。唐揚げ好きか?」

「大好き!」

反射的に出たという感じの特大の笑顔だった。そのあと、論はもう足がしびれるまで正座をすることもなく、大口を開けて祖父の作った唐揚げを頰ばった。

「おいしい、おじいちゃん、あ、ちがう、えっと、師範」

「おじいちゃんでええ」

祖父が言うと、論はぱっと顔を輝かせた。

「ありがとう。おじいちゃんの唐揚げ、すっごくおいしい」

そのときの祖父の蕩《とろ》けそうな表情に、成田はびっくりした。

いつも時代劇しか映さないテレビが、今夜は子供向けアニメを映している。こっちが主人公だよ、今は弱いけどあとでジューライダーに変身するんだよと論が解説し、祖父はなるほどとアニメに見入る。いつもの静かな家とは違う。そこらじゅうに丸い淡い色の花がポンポン咲き乱れているようで、子供の存在感というものに成田は改めて感心した。

夕飯のあとは成田と論で皿洗いをした。

「いっつもお皿洗いは俺がやるんだよ」

踏み台に乗り、論はしっかりした手つきで皿をゆすいでいく。

「偉いな。俺が論くらいのとき、皿洗いなんてしたことがなかった」

「俺も小学校に入ってからだよ。おとうさんと別に住むようになって、おかあさん、ひとりで大変だから。おとうさんはいつでもうちにこいって言ってくれるけど、おかあさんにこれ以上はダメよって言われる。今でもすごくおとうさんに助けてもらってるからって」

「そうか、お母さんも論もがんばってるんだな」

自分から別れを切り出した相手に頼るのは確かに嫌だろう。けれどそれはあくまで大人の都合なので、そのせいで論がさびしい思いをしたり、さっきみたいな無理をするのはどうかと思う。まあそれもただの外野の正論であり、正論の向こう側には、柵の外からはうかがい知ることのできない、それぞれの家が抱えている事情というものがある。

「お祖父ちゃんやお祖母ちゃんが近くにいればいいのにな」

そんなことしか言えなかった。

「いらない」

論が言った。いやにきっぱりとした口調だった。

「俺のおばあちゃん、先生のおじいちゃんと全然ちがう」

論は珍しく唇をとがらせた。

「どう違う？」

「おとうさんのおじいちゃんとおばあちゃんとは会ったことない。『かんどう』っていうのされてるんだって。でもおかあさんのおばあちゃんは、幼稚園のときにうちにきたことある。でもそのときおかあさんと喧嘩した。おばあちゃんが、あんたは動物よっておかあさんに言った」

「動物？」

不穏な表現に驚いた。論は思い出しているのか、むっと眉を寄せている。

「そう言ってから、おばあちゃん、俺のことぎゅってして、論ちゃんはかわいそうねって言った。なにも知らなくてかわいそうって。そしたらおかあさんが、論におかしなこと言わないでってておばあちゃんをぶった。俺、びっくりした」

「………」

「そんでおかあさんが泣きだしちゃって、おとうさんがおばあちゃんを外に連れてった。おかあさんはトイレにかくれちゃって、俺はどうしていいかわかんなくて、窓から顔出して外見たら、おとうさんがおばあちゃんにお金渡してた。もうこないでほしいって言ってた」

ただごとではない内容に、成田も迂闊なことは言えなかった。

「俺のおばあちゃんも、先生のおじいちゃんみたいならいいのに」

素直すぎる願いに成田の胸はひどく疼いた。幼いのでまだよくわかっていなくても、将来言葉の意味を理解したときに心の傷になるんじゃないだろうか。

片づけのあと、論は祖父に型を教えてもらい、そのうち疲れて寝てしまった。祖父は居間に座布団を並べて論を寝かせた。かたわらに座り、夕飯のときと同じ蕩けそうな顔で論を眺めている。蹴っ飛ばしたタオルケットを直してやりながら、ぽつりとつぶやいた。

「小さい子がおるとなごむのう」

「……うん、そうだね」

祖父の心中を思うと、成田の胸は再び疼いた。どこの家にも様々な事情がある。問題のない家なんてないのだし、それぞれやっていくしかないのだけれど――。

飴屋が帰ってきたのは九時すぎだった。たいした怪我ではないと聞いていたのに、左腕を包帯で吊《つ》っていたので驚いた。ひびが入っているらしく、これでは論を抱くこともできない。

「大丈夫、大丈夫、米俵の要領で担いでくから」

「子供と米俵を一緒にしない」

気持ちよさげに寝ている論を起こすのは忍びなく、成田が送っていくことにした。飴屋のアパートは歩いても十五分の距離で本当にご近所さんだった。車を使おうとしたが、近所に駐車場がないという。路上駐車は嫌なので、徒歩で行くことにした。

「林口《はやしぐち》町なら俺と同じ学区だと思うんだけど。どこ中？」

論を横抱きにして、飴屋と並んで夜道を歩いていく。笑っているような細い三日月が夜の端に引っかかっている。夏の大三角も瞬いているけれど、夏本番にはまだ早い。

「俺は高校中退して、のばらと結婚したときこっちに越してきたから」

「地元どこ？」

「こっから二時間くらい」

さらりとごまかされたので、それ以上は聞かなかった。変わった夫婦関係や深刻そうな家庭事情。どこかつかみどころのない男を盗み見た。包帯で吊られた腕が痛々しい。

「聞いてたより怪我ひどいね」

「ああ、足場から滑ったオッサンを下で受け止めたら骨いった」

「足場？」

「大工やってんだよ」

飴屋は『川口《かわぐち》工務』とネーム刺繍《ししゅう》の入った作業着の胸ポケットを引っ張ってみせた。

「一軒家も建てるし、リフォーム、修繕なんでも受ける。おまえんとこの家もなにかあったら言えよ。ちょっとしたことなら今夜の礼にただでやってやるから」

「あ、それかなり嬉しい。ずっとつきあってた地元の工務店が二代目に代替わりしてからおかしいんだよ。ベランダの張り替えだけで三十万も請求されて、しかも仕事が雑すぎるって祖父ちゃんが怒ってた。もうあそことの縁も終わりだって」

「アホな二代目だな。地元でそんなことしたらすぐ噂回んぞ。まあ今度なにかあったら一回うちに頼んでみろよ。びっくりするほどキッチリ仕上げてやるよ」

飴屋はふふんと笑った。鼻高々なところがなんだかかわいい。

「でも、その腕じゃしばらく仕事できないね」

「医者からは一ヶ月って言われた。やっちまったよ」

「仕事中なら労災が下りるからマシだけど、日常生活が不便だなあ」

「労災なんて下りるかよ」

飴屋は簡単に言った。建築業界はお上の管轄なので、会社側は事故を極端に嫌う。特に飴屋が勤めているような小さな下請け会社は、現場で事故を起こすと下手したら次の仕事がもらえない。なので労災申請はしないことが多い。

「は？　それ、おかしいだろう」

　思わず声を張ると、論が目を覚ましかけ、慌てて声のトーンを落とした。

「従業員だって生活があるのに、一ヶ月も無収入じゃ困るじゃないか。子供もいるのに」

　ひそひそ声で怒ると、飴屋はなんともいえない顔をした。

「おまえ、いいやつだな。俺からは迷惑しかけられてないのに」

「別に迷惑はかけられてない。失恋しただけで」

　そう言うと、飴屋は吹き出した。

「大丈夫だよ。労災の代わりに給料に労災分程度の色つけてもらえるし」

「そうなの？」

「うちの会社はちっせえけど、社長がお人好し丸出しで働きやすいんだよ。まあそのせいで儲《もう》からねえで、いつまでも下請けのちっせー会社のままなんだけど」

「勤めて長いの？」

「十八でこっちに越してきてからだから七年目だな。社長は高校中退ヤンキー上がりの俺を正社員で雇ってくれて、見習いからちゃんと仕込んでくれて、のばらと論を食わせてけるだけの給料もくれた。お人好しで腹出てて髪少ないけどめちゃくちゃ感謝してる」

　こきおろしながらも飴屋の声には親しみが濃くにじんでいて、当初のビッチな印象とは裏腹に、実は情の深い性格だということがうかがいしれた。

飴屋のアパートはよくある二階建ての集合住宅で、各戸の前に植木鉢や三輪車が並べてあるのがなごやかな印象だった。一階の端が飴屋の部屋で、のばらと論は建物横手についている鉄製の階段を上がった二階に住んでいる。

「どうぞ、せまいけど」

招かれた部屋は平均的な2DKで、男のひとり暮らしらしく雑然としていた。飴屋は奥の寝室へ行って押入れを開けた。布団を敷こうとするが、片腕が使えないのでうまくいかない。

「手伝うよ」

成田は論を抱いたまま、飴屋の使えない左手のフォローをして、共同作業で布団を敷いて論を寝かせた。論は布団をころころと転がり、タオルケットで自らをグルグル巻きにした。

「なんかこんなパンあったよね。中にチョコレートつまってるやつ」

「おお、幼虫みたいな形のやつな」

汗で前髪を張りつかせている論の額を飴屋が払う。慈しみに満ちた手つき。

「のばらさん、まだ帰ってこないの?」

「今夜は駅裏の居酒屋でバイトだな。帰りは十二時すぎるだろう」

「昼間働きながら、介護の学校も行ってるんだろう?」

「シングルマザーでも生きていけるように資格がほしいんだと。最初税理士って儲かるのかなあとかとんでもねえこと言ってたから、高校中退で壮大な夢見んなって言ってやった」

「それは本人のがんばり次第だと思うけど」

「九九を間違える女に財産を任せたいか?」

成田は言及を避けた。

「あいつはいっつも考えが足りねえんだよ。夜もこうして家空けることが多いのわかってんのに、家賃が安いからって最初一階の部屋借りやがったんだぞ。防犯のことをちっとも考えてねえ。しかたねえから俺が二階を借りて、上と下をチェンジしたんだ」

「え、じゃあ元は一緒のアパートに住む予定じゃなかったんだ?」

「ああ、けど結果的によかった。女手ひとつなんて大変なのは目に見えてたし、あいつが将来どうしたいのかはともかく、とりあえず論がちっせーうちは俺がそばにいてやんねえとな」

——うわ、めっちゃ愛にあふれてんじゃん。

別居を言い渡されておきながら、飴屋はのばらに未練がありまくりなようだ。だったら、どうして小暮町に行くのか。精神的に愛しているのはのばらだが、肉体的には男に抱かれるほうが好きということか。

それなら特定の彼氏を作らない理由がわかる。だとすると、自分が飴屋とそうなれたとしてもセックスフレンド以上にはなれないわけだ。なんて切ない展開だろう。

「なに難しい顔してんだ」

はっと我に返った。

「え、あ、なんでもない」

慌てて目をそらし、先走った想像をした自分を戒めた。別居中とはいえ、妻子もちの男相手になにを考えているんだ。これ以上深入りするな。だいたい身体だけのつもりでも寝たら気持ちが入る自分の性格はわかっているだろう。いや、だからそういう問題じゃないし——。内的葛藤《かっとう》を繰り広げる成田を置いて、論を起こさないよう飴屋が静かに立ち上がった。

「今夜は助かった。サンキュウな。ビールでも飲むか？」

「いいよ、飴屋さんも今日は疲れただろう。ゆっくり休んで」

「いや、でも」

「それより明日の朝ごはんあるの。なにか簡単なもの作っていこうか？」

そう言って立ち上がると、飴屋は苦笑いを浮かべた。

「おまえってさあ」

「なに？」

「お兄ちゃんって言われるのわかるわ」

「どうせ」

唇をとがらせると、飴屋はおかしそうに笑った。

「朝飯はパンがあるから、それ焼くからいい」

「そっか。なにか困ったことがあったらいつでも言って」

「サンキュウ、この恩は必ず返す」

「ほんと気にしないで」

スニーカーを履き、じゃあと振り返ると、せまい玄関で思いがけず近い距離で向き合うことになった。ぴたりとかみ合う目線に、瞬間的によからぬ衝動が湧いた。

――このまま腰を抱き寄せて、キスしたい。

すぐに理性を取り戻し、お大事にとだけ告げて別れた。

きた道をぶらぶらと歩きながら、やばかった……と心の中でつぶやいた。妻帯者相手に欲情するな。不倫なんて悲しいばっかりでなにもいいことがないぞと夜空を見上げると、さっきは笑っているようだった三日月がしんみりと目に映った。月は同じなので、変わったのは自分なんだろうか。なにが変わったんだろう。それを考えるのはなんだか怖い。

なにか色めいたことを言われたわけじゃない。それどころか恋をするにはマイナス要因のほうが多い男で、あまり近づかないほうがいいなとすら思うのに――。

「なんなんだよ、これ」

しかめっ面で溜息をつき、月を道連れに家路をたどった。

稽古《けいこ》を終えて自宅に戻ると、台所で祖父が山のように唐揚げを揚げていた。高校生のころから引き続き食べ盛りを満喫している成田《なりた》の胃袋にも、到底おさまりそうにない量だ。

「論《ろん》に持っていってやれ」

「へ？」

「今夜は母親は介護学校の日。父親も怪我《けが》で腕が使えん」

「祖父ちゃん、のばらさんの学校の日なんてよく知ってるな」

問うと、祖父はさりげなく背中を向けた。

「……さっき、稽古帰りの論にたまたま会った」

待ち伏せしたな——と思ったが言わなかった。「おじいちゃんの唐揚げ、また食べたい」とか言われたのだろうか。惚《ほ》れると一途に尽くす成田の性格は、意外や祖父からの遺伝かもしれない。それはいいとしても、唐揚げを揚げている祖父を横目に困ったと思った。

飴屋はあまり近づかないほうがいい男だ。しかしこれは不可抗力だ。自ら望んで会いに行くわけではない。自分に言い訳をしながらシャワーで汗を洗い流し、珍しくドライヤーを使って髪を整え、買ったばかりの紺のポロシャツを着た。

「ずいぶんとめかし込んでおるの」

「普通だろ」

「母親は相当な別嬪《べっぴん》なんじゃな」

「そっちじゃないから」

そっちじゃないならどっちなんだ。勘違いしている祖父のせいで、自分の深層心理を思い知らされてしまった。成田は夢二の風呂敷に包まれた漆塗《うるしぬ》りのお重を手に、複雑な気持ちで飴屋家に向かった。重箱も風呂敷も祖母の形見で、祖父の気合いが感じられる。

目指すアパートの赤い屋根が見えてくると、胸がざわつきはじめた。やめろ。届け物にきただけだ。渡したらすぐに帰るんだ。無駄にざわめくなと自分に言い聞かせる。

植木鉢や三輪車が雑然と置かれた外廊下を抜け、飴屋《あめや》の部屋の前に立つ。チャイムを鳴らすと、ほーいと真横から声が聞こえてびくりとした。

「お、成田か。どした」

台所の小窓から飴屋が顔を出している。

「あ、お、お届け物です」

予期せぬ場所からの登場にうろたえてしまった。うっすら顔を赤くして焦っていると、ちょっと待てと飴屋は首を引っ込めた。すぐにドアが開く。

「おお、こないだはどうもな。届け物って?」

「えっと、唐揚げを……」

「唐揚げ?」

「祖父ちゃんが作ったんだよ。論がうちで食べて気に入ってたから」

どうぞと差し出すと、飴屋はなぜか奇妙な顔をした。

「悪い。ちょっとこい」

「え?」

「いいから、ちょっと」

シャツをつかまれ、部屋の中に引き込まれた。飴屋が身体を寄せてきて、成田の背後の玄関ドアを閉める。がちゃりと鍵《かぎ》を回す音に鼓動が一気に高まった。

まさかいきなり? まだ明るいぞ? 不倫はダメだ。しかし飴屋がその気なら。いやいや流されるな。ああ、シャワーを浴びてきてよかった。支離滅裂なことを考えていると——。

「悪いけど、俺は無理だぞ」

「え?」

「出会いがああで、今さらこんなこと言いたくねえんだけど」

飴屋は言いにくそうに首筋をいじった。

「今の俺は論の親で、おまえは論の先生なわけで、初対面んときとは状況が違う。この上には論とのばらが住んでる。悪いけどそっち目的なら他を当たってくれ」

「いや、ちょっと」

「論が世話になってんのに、ほんと悪い」

頭まで下げられてしまい、ようやく成田は態勢を整えた。

「ちょっと待ってくれ」

ただのエロ目的なら、こないだの夜にキスくらいはしていた。あの帰り道のなんともいえず切ない、やりきれない気持ちまでよみがえってきて成田は情けなくなった。

「うちは祖父ちゃんとのふたり暮らしだから、論がきたとき祖父ちゃんはすごく嬉しかったんだよ。出会いが出会いだから警戒する気持ちはわかるけど、これはうちの祖父ちゃんの純粋な好意だ。だから普通に論に食わせてやってくれ。じゃあな」

お重を靴箱の上に置いて背中を向けると、待ったとシャツをつかまれた。

「悪い、勘繰りすぎた！」

振り向くと、飴屋の真剣な目とぶつかった。

「まじで悪かった。勘弁してくれ」

本気の懇願に、じわりと罪悪感がこみ上げてきた。どれだけ男と寝まくろうが、飴屋の中で優先順位は完璧《かんぺき》についている。自分も飴屋とどうこうなろうなんて思っていない。だったら、ああ、自分はお呼びじゃないんだなと受け流せばいいだけだ。なのにこんなに腹立たしいのは、自分の中に図星をさされたバツの悪さがあるからだ。

「……怒ってないよ」

成田は身体ごと飴屋に向き合った。

「俺もごめん。先に連絡入れといたら誤解もなかったのに」

「それはしかたねえだろ。連絡先知らないんだし」

そのとき、とんとんとドアが叩《たた》かれた。

「おとうさーん」

ドアの向こうから論の声がした。ふたりだけで作っていた空気がはじけ、飴屋の意識がドアの外に向く。成田が玄関を開けてやると、コンビニ袋を手にした論が立っていた。

「おとうさん、今日のごはん――あれ、先生？」

「こんにちは、論」

「なんで先生いるの？」

「飯のおすそわけ」

「おすすわけ？」

ぷっと笑い、成田は靴箱の上に置いていたお重を取った。

「祖父ちゃんの唐揚げ、論、好きだろう」

瞬間、論の目がスーパーノヴァを起こした。

「好きっ！」

せまい玄関で論は万歳をし、持っていたコンビニ袋が派手に揺れた。

「おとうさん、俺、唐揚げ食べたい。おじいちゃんの唐揚げすっごいおいしいよ」

「おお、じゃあ、ありがたく食わせてもらおうな」

そのとき「論？」と声がして振り向いた。開いたドアの向こうに明るい茶色のロングヘアが印象的な美人、飴屋の妻ののばらが立っていた。

「……あ、空手道場の？」

こんにちはと成田は頭を下げた。

「おかあさん、先生が唐揚げくれた。こないだ言ってたおじいちゃんの唐揚げ」

「宇宙一おいしいってあんたが言ってたやつね。先生、ありがとうございます。それと先日は論がお世話になりました。お礼が遅れてすみません」

「いえいえ、うちの祖父ちゃんも喜んでたんで」

そう言っていただけると、いやいやと大人の挨拶《あいさつ》をかわしていると、

「おかあさん、学校遅刻するよ」

論がのばらのシャツを引っ張り、のばらが携帯で時間を見た。

「あの、じゃああたしはこれで。慌ただしくてすみません」

「いってらっしゃい。勉強がんばってください」

笑顔で手を振ると、のばらは嬉しそうに振り返して出かけていった。

「おーおー、さすが人妻ホイホイの異名を取るだけあるな」

「なぜそれを？」

ぎょっと振り返ると、にやにや笑いの飴屋と目が合った。

「道場でそう呼ばれてるらしいな。看板娘ならぬ看板息子だって。なあ論」

「うん、山賀《やまが》先生が言ってた。先生はホイホイだって」

子供になんということを言うのか。リアクションに焦っていると、

「まあ、とりあえず上がれよ」

飴屋に腕を取られた。

「いいよ。俺はもう帰るし」

「遠慮すんな。世話になりっぱなしでただで帰せるか」

「そうだよ。先生も一緒に食べよう。お弁当もグラタンもあるから」

論からもぐいぐい腕を引っ張られ、じゃあと成田は靴を脱いだ。


お招きを受けた身でなんだが、飴屋家の食卓は雑の一言だった。コンビニ製のハンバーグ弁当と鮭弁当。こちらもコンビニ製のグラタンがひとつ。紙パックの野菜ジュースが二本。テーブルに並んだそれらを前に、成田はうーんと眉根を寄せた。

「野菜は？」

飴屋と論は野菜ジュースを指さし、成田は肩を落とした。大人の自分たちはともかく、これは育ちざかりの論の身体に悪い。武道家として、成田は日々の食事を重要視している。

「まあ今はしかたないいか。片腕使えないいし」

「今だけじゃないよ。うちのご飯はいっつもこれだよ」

論がにこにこと弁当のふたを開ける。

「……飴屋さん」

非難の視線を向けると、飴屋はまあまあと立ち上がった。

「味噌汁くらい作るか。なんか野菜あったかな」

「いいよ、俺がやる。論、ちょっと待ってな」

ふたりで台所へ行き、見るよと冷蔵庫を開ける。ビールやチーズばかりで生鮮がほとんどない。古そうな玉ねぎとキャベツがあったので取り出した。玉ねぎは味噌汁の具にしよう。疲労回復の効能があるので、稽古後の論に向く食材だ。食欲増進効果もある。

「飴屋さん、その腕じゃ無理だって。俺がやるから」

慌てて飴屋から包丁を取り上げた。さくさくと玉ねぎを刻んでいく成田の隣で、飴屋が片腕で鍋に水を張る。ガスに火をつけたあと、冷蔵庫から味噌を出してくる。そしておもむろにお玉で味噌をえぐりだし、そのまま鍋にぶちこもうと——。

「ストップ」

「ん？」

寸前で動きを止め、飴屋がこちらを見た。

「なんで具も出汁《だし》も入れてない、沸騰すらしてない水に味噌を？」

「ダメなのか？」

首をかしげられ、成田も意味がわからず首をかしげた。

「とりあえず出汁だけでも先に入れたら？」

「出汁？」

ダメだ、話にならない。ちょっと見るよと引き出しを開けるが、なぜか出汁が見当たらない。かろうじて顆粒《かりゅう》うどん出汁がある。こんなもので味噌汁を作ったことはないが、ないよりはマシだろうと代用することにした。味噌の塩分を考慮して少量入れる。

「ふうん、隠し味か」

飴屋が感心したようにつぶやく。

「隠してない。味噌汁に出汁を入れるのは世間一般で広く知られている常識だ」

「……へえ？」

飴屋は疑わしそうに『うどん』と書かれた文字を見る。

「普通の出汁がないから、これを代用してるだけだから」

「じゃあ、出汁を入れないからうちの味噌汁はまずかったのかな。なんか店で飲む味噌汁とは全然味が違うし、やっぱプロはすげえなと思ってたんだけど」

「お母さんやのばらさんの味噌汁は飲んでたんだろう？」

「ああ、おかんの味噌汁はちゃんと店と同じ味だった。けどのばらとは年季が違うからだと思ってた。そもそものばらのはいつもしょっぱいか薄いかで、出汁がどうこうのレベルじゃなかったな。別居してからは飯はスーパーの惣菜か弁当で、味噌汁は永谷園になったし」

そっちのほうがうまいから助かったわと飴屋は言い、成田は肩を落とした。

「さっき会ったときはデキるお母さん風だったんだけどな」

「あいつは猫かぶりなんだよ。まあ高校生でやんちゃ盛りのときにガキできちまって、世間のことなんも知らねえまま論産んだしな。掃除や洗濯はなんとかだけど、料理だけはド下手クソだ。才能の欠片《かけら》もない。まあ外で働くのは好きみたいだけど」

「なんでも向き不向きがあるよね」

成田は千切りにしたキャベツを論向けに甘めのコールスローにした。

「おまえは料理に向いてそうだな」

「二年前に祖母ちゃんが死んでから、祖父ちゃんと交代で飯作ってる」

飴屋がこちらを見た。

「さっきふたり暮らしって言ってたけど、親は？」

「父親は俺が小さいころに死んで、母親は再婚して別の家庭持ってる」

「どこの家もなにかしらあるな」

変に気を遣わない、あっさりした物言いが好ましかった。

「でも、俺が料理するのは祖母ちゃんが死ぬ前からだけど」

「ん？」

「料理を作ってくれないどころか、逆に作ってってお願いしてくるタイプとばっかつきあってたから自然と腕が上がったんだよ。俺は尽くすタイプだから」

「ああ、お兄ちゃんという名の便利くんか」

「そういうこと」

はい、持っていってとサラダの皿を渡した。

そのあとは三人で夕飯を食べた。論は宇宙一おいしいという祖父の唐揚げを目をハートマークにさせて夢中で頬ばる。飴屋も片手で箸《はし》を使い、うおっ、うめえなと驚いている。

「唐揚げもお味噌汁もキャベツサラダも、先生んちのご飯、コンビニよりおいしい」

「うーん、微妙な褒め方だな」

うっすら食卓事情が透けて見える発言に成田はうなった。

「いや、本当うまい。味噌汁もちゃんとインスタントの味だ」

飴屋も味噌汁をうまそうに飲む。親子そろってレベルの低い褒め方にあきれたが、おいしいと喜んでくれる人たちと食べる夕飯は楽しかった。

「論、前も言ったけど、時間あったら本当にうちに遊びにこいな。先生んちは子供がいないから、論がきてくれると祖父ちゃんすごく喜ぶんだよ」

するとは論はもじもじと目を伏せた。

「……行きたいけど」

「うん？」

「おかあさんが、ひとさまに迷惑をかけたらダメだって」

「……なるほど」

　どこまでを迷惑とするかは人それぞれで、論が遊びにくることは成田家には迷惑ではない。けれどよその家の教育方針を否定することにならないだろうかと考えていると、

「論、いいから遊びにいってこい」

　飴屋が言った。

「いいの？」

「ああ、お母さんにはお父さんから言っといてやるから」

　すると論は嬉しそうに笑った。

「うん！　俺、先生のおじいちゃん優しいし大好き」

「祖父ちゃんはその倍論が好きだと思うぞ」

「遊びにいったら、またおじいちゃんのご飯食べられる？」

「卑しいこと言うんじゃねえ」

　飴屋が論の頭にゲンコツを食らわした。まあまあ容赦なかったと思うが、論は特にこたえた様子もなくまた唐揚げに箸を伸ばした。稽古中、少々の激突でも論はけろっとしている。年齢

のわりに根性があるのは、普段から鉄拳制裁を受けているからかもしれない。

夕飯を食べ終えると、論はスイッチが切れたように寝てしまった。胃の容量以上に唐揚げを詰め込み、論の腹は風船のようにふくらんでいる。成田は寝室に布団を敷いてやった。

「すげえ食いやがったな。普段ろくなもん食わせてないみたいじゃねえか」

横で添い寝をしている飴屋が、論のタヌキ腹を指でつつく。

「話を聞いているかぎり、充実してるとは言い難いね」

ついでなので飴屋の布団も敷いてやりながら言った。

「それは俺も反省する。これから論は育ちざかり突入だし、なんとかしねえとな」

「しばらく俺がこようか？」

「ん？」

「のばらさんも忙しいし、今は飴屋さんも腕そんなんだし」

「いや、そこまで世話になんのはちょっとな」

「気にしないでいいよ。その代わりと言っちゃなんだけど、こっちも論に祖父ちゃんボランティア頼んでるし。あ、もちろんこの申し出は友人としてね」

冗談ぽく笑うと、先ほどは失礼いたしましたと飴屋が頭を下げた。

「サンキュウ、じゃあしばらく甘えさせてもらう」

そう言うと、飴屋は手近なメモを取り、なにかを書き込んだ。ほいと差し出されたそれを開いてみると、携帯番号とメールアドレスだった。

「……あ」

乱雑に並ぶ数字とアルファベットに、不意打ちで気持ちの水位を上げられた。

「字、下手だね」

ごまかすように言うと、

「やっぱ返せ」

手が伸びてくる。うそうそと笑って自分の携帯に連絡先を打ち込んでいく。気を抜くとゆるみそうになる顔を意識してひきしめる。嫁も子供もいる男の連絡先を入手して喜んでいる場合かと自分をしかりつける。さっきも家庭第一とはっきり言われたろう。自分だってそこはわきまえている。浮かれるな。なのに……胸が高揚している。

「飴屋さん、下の名前なに。ともや？　ともあき？　ともひこ？」

「『とも』だけ。月がふたつの朋《とも》」

「へえ、綺麗《きれい》な名前だな」

月ふたつ――。

「つうか『とも』って、よく知ってたな」

「のばらさんが前『ともさん』って呼んでたから」

飴屋との再会のとき一度だけ。たった一度なのに耳に残っていた。

「若いのに、夫婦でさんづけって珍しいね」

「あいつは俺の学年いっこ下だしな」

添い寝をしながら、飴屋は目をつぶって答える。眠そうだ。

「じゃあ俺と同い年か。同じ高校だったの？」

「いや、親友つながりで紹介されただけ」

「甘酸っぱいなあ」

「どこがだよ。しょっぱい青春だったわ」

「そんなこと言って、十代ののばらさんってかわいかったんだろうね」

「ああ、けど顔より中身がいい女だった」

「はは、すごいのろけ」

冗談ぽく笑いながら、チクチクと胸がささくれ立った。なぜ自分は憎からず思っている相手の嫁の話なんかしているんだろう。楽しくない。なのに知りたい気持ちがある。

「どっちが先に好きになったの？」

世間話みたいに軽く問う。しかし返事がない。視線を上げると、飴屋は論の隣で完全に目を閉じていた。静かな部屋にふたりぶんの寝息がかすかに響いている。

「飴屋さん」

呼びかけたが、やはり目は閉じられたまま。おそるおそる手を伸ばし、乱れている前髪をそ

っと払った。美しい寝顔に不似合いなうっすらとしたバツの傷跡が現れる。わずかに眉根を寄せている。いつもの鷹揚《おうよう》な様子とは違う、気難しげな寝顔に小さく笑った。

「……う、ん」

飴屋が手を伸ばしてくる。引っ込める前につかまれてしまった。どきりとしたが、飴屋は相変わらず深い寝息を立てていて起きている様子はない。

無意識なのかと、つながれた手に視線を落とした。普段の飴屋からは想像できない甘えた仕草に、初めて会ったときのことを思い出した。

——広すぎず、せますぎず、ジャストフィット。

自分から成田の首に腕を回し、甘えるように鼻をこすりつけてきた。

飴屋は成田のことを抱き心地がいいと言ったが、自分も同じように感じた。肌が合う合わないは抱擁ひとつ、キスひとつでもなんとなくわかるものだ。飴屋の抱き心地を思い出していると、下半身が不埒《ふらち》な反応を見せはじめた。ダメだ、ここはファミリールームだ。

煩悩《ぼんのう》を断つため、成田は論の寝顔に視線を移した。美形夫婦の息子だけあり、幼いのに整った顔立ちをしている。けれど飴屋にはあまり似ていない。論はのばらの血が濃い。

そんなことを考えているうちに今度は切なくなってきて、溜息をひとつついてから、成田はそっと飴屋の手をほどいた。静かに部屋を出て、夕飯の後片づけとついでに簡単な明日の朝食も用意した。寝室をのぞくとまだ飴屋は寝ていたので、声はかけずに帰ることにした。

帰り道、これからの算段をした。飴屋家の台所には、自炊をしないことを証明するように食材がなかった。まずは買い出し。レンジで温めたら食べられるものをいくつか作ってストックしておこうか。論や飴屋はなにが好きだろう。ポケットから携帯を取り出し、登録したばかりの『飴屋朋』を呼び出した。一言一言、考えながらメッセージを打っていく。

今日はごちそうさま。楽しかったです。
近いうちにまた飯を作りにいきます。
論や飴屋さんはなにが好きですか。
教えてくれると助かります。
メールでも電話でもどっちでもいいです。
俺の番号は090－2768－××××です。

読み直し、ちょっと堅苦しいかなとデスマスの語尾をくだけた感じに直した。もう一度読み直すと、今度は馴《な》れ馴《な》れしい感じがしてやはりデスマスに戻した。読んだらまた直したくなるだろうから、三度目は読まずに送信した。おかしなことは書いていないのに、取り返しのつかないことをしてしまったように落ち着かない。恋のはじまりによく似ている。

「友人としてだし」

誰にともなく言い訳をして、胸のうちでふくらんでいく感情から目をそらすみたいに夜空を仰ぎ見た。今夜の月は小さく、真っ白で美しく発光している。

――月がふたつの朋。

意識を逃がしたつもりが、逆に飴屋の笑った顔を思い出してしまった。

「では、飴屋くんの全快を祝って」

祖父がビールグラスを持ち上げ、乾杯と張りのある声で告げた。

あれから一ヶ月、飴屋の腕もなんとかくっつき、成田家で快気祝いが開かれた。飴屋と論だけでなく、今夜はのばらも同席している。この一ヶ月、腕の不自由な飴屋の家に成田は暇を見つけては顔を出し、論も成田家に出入りして祖父と親交を深めた。

「先生方にはいつもお世話になっております」

のばらは緊張気味に祖父に礼を言っている。

「いやいや、そうかしこまらんと。うちはこのとおりおもしろみのない男所帯じゃから、論がきてくれるとにぎやかになってわしも楽しい」

「今日は俺とおじいちゃんで、一緒にケーキも作ったんだよね」

論が唐揚げ片手に祖父の膝《ひざ》にぺたんと座る。のばらが小声でたしなめるのを、祖父がいいからと手で制する。祖父の目尻《めじり》は限界まで垂れ下がっている。

もう見慣れた祖父のデレ顔だが、祖父が生クリームをかき混ぜてるのを見たときはさすがの成田も驚いた。今夜のために祖父は子供と一緒に作れる、ビスケットを使った簡単ケーキレシピを知り合いの奥さんから仕入れ、昼から論とふたりで作ったのだ。

論を踏み台に乗せ、楽しそうに台所に立つ祖父を見て、祖父は本当はずっとこういうことがしたかったんだろうと思い知った。特別厳しく躾けられたわけではないけれど、父を早くに亡くした成田に対して、祖父は父親の役割をしてくれた。よその『お祖父ちゃん』のように無責任に甘やかすことはせず、それは祖父としては荷の重いことだったろう。

「ケーキまで作れるなんてすごいですね。料理も全部おいしいし」

のばらは食卓に並ぶ祖父の手料理に感心した。

「なあに、二年前に連れ合いに逝かれてしもうて必要に迫られてな」

「それはおさびしいですね」

「いやいや、もう慣れたもんじゃ」

祖父の言葉に、そうですか……とのばらが目を伏せて小さく笑った。年齢に似合わない翳《かげ》りが差したような気がしたが、祖父はのばらにほほえみかけた。

「働き盛りの旦那さんがいる、あんたみたいな若い娘さんにはまだまだ縁のない話じゃ。別居と聞いていたから、うちの清玄《せいげん》を勧めてみようかと思ったが」

え、とのばらが目を見開く。

「祖父ちゃん、なに言ってんだよ」

「おまえもまんざらではなかったじゃろう」

「な、なに言ってんだ。子供の前で変なこと言うなよ」

祖父は明後日の方向に勘違いしている。飴屋はなんとも言えない顔をしているし、のばらはさりげなく聞こえないふりをしているし、成田もおかしな汗をかいた。

「おじいちゃん、あの黄色いの食べたい」

微妙すぎる空気をすくったのは論だった。

「おお、パプリカか。よしよし」

パプリカにひき肉を詰めたものを祖父は取り分けた。

「おじいちゃん、ケチャップも」

論がねだるように言い、のばらが眉根を寄せた。

「論、自分で取りなさい。いつからそんな赤ちゃんになったの」

しかりつけるのばらに、論はひゃっと声を上げ、祖父の腕を盾のように引き寄せる。祖父は困った顔をしながらもさりげなく論をかばっている。ズブズブな爺孫コンビにのばらがトホホとうなだれ、その様子を飴屋は笑いながら見守っている。

——こういうのはいいな。

平凡な家族の風景に、成田も目を細めた。食卓にあふれそうな料理と飲み物。たくさんの皿やグラス。子供の笑い声。自分はこういうものには一生縁がなく生きていく。それについては十代のころから自分なりに悩み、ないならないで他にも楽しみがあると納得した。悲観はしていない。それでも、少しさびしいと思うのも正直な気持ちだった。

「そろそろ爺孫論特製のビスケットケーキでも出すか」

頃合いを見計らい、成田は台所へ行った。

コーヒーをセットし、冷蔵庫から生クリームと苺《いちご》、銀のアラザンで飾りつけられたケーキを取り出す。甘みの少ないビスケットを牛乳にくぐらせ、ホイップした生クリームで何重にもサンドしていくだけの、子供でも作れる簡単なケーキだ。

人数分に切り分けようとするが、牛乳とクリームがしみ込んでいるビスケットは思った以上に切りにくい。つぶさないよう悪戦苦闘していると飴屋が顔を出した。

「成田、爺さんが自分は緑茶にしてくれって」

「ああ、ＯＫ」

クリームだらけの包丁を手に答えると、飴屋がのぞきこんできた。

「すげえ、まじでケーキだ。これ本当に論が作ったのか？」

「そうだよ。祖父ちゃんとふたりでがんばってビスケット並べてた。こないだは料理の手伝いもしてたし、うまくなったらお父さんとお母さんに作ってあげるって言ってた」

「俺らに？」

飴屋はこみ上げるものをこらえるかのように眉をひそめた。

「あー……、やばい。今なんかすげえ感動した。ついこないだまで芋虫みたいに床コロコロ転がってたのに。この調子であっという間にでかくなって、反抗期になってクソジジイとか言うようになんのかなあ。うわあ、それ嫌だなあ、このままチビでいてくれ」

「ケーキ作っただけで先走りすぎだよ」

嘆く飴屋に、相当な親馬鹿だなと成田は笑った。

「でも子供がいる暮らしっていいね」

ほろほろ崩れやすいケーキに包丁を入れながらつぶやいた。

「まあなあ。めんどくせーことも多いけど」

飴屋はシンクにもたれて答えた。

「子供、好きなのか？」

「うん、道場で教えるのも楽しいよ」

「ほしい？」

その問いには少し考えた。

「ほしいけど、ひとりで作れるもんじゃないからなあ」

「こっちはまったくダメなのか？」

飴屋が小指を立てる。

「一度だけあるよ」

「どうだった？」

「途中で泣きそうになって棄権した。相手の子には本当に悪いことしたよ」

棄権って、と飴屋が苦笑いをする。

「まあそれだと無理だな」

「だろう」

「もったいねえな。おまえなら理想の旦那や親父になれそうなのに」

「俺、飴屋さんの中でそんな評価高いの？」

問うと、飴屋は腕組みでしみじみうなずいた。

「男を落とすにはまず胃袋からって言うだろ。その意味を思い知らされた一ヶ月だった。うまい飯が待ってると思うと、寄り道しねえで早く帰ろうと思うし」

「そんなに気に入ってもらえたら作りがいがあるよ」

「俺だけじゃねえぞ。論もメロメロだ」

「食事くらい、これからもいつでも作りにいくよ」

さりげなく申し出ると、飴屋は少し考えたあと首を横に振った。

「いい。癖になる」

「癖？」

「ずっとのばらとふたりだけでやってきたし」

いきなりぱちんと頬をぶたれたように感じた。

「別に割り込もうとか思ってないけど？」

思わずむっとした言い方になってしまった。

「いや、そういう意味じゃなくて、うちは高校中退のデキ婚で、親から勘当食らうくらいだったんだよ。だから意地でも誰にも頼らねえぞって気持ちでやってきたから」

「あー……、ごめん。俺、ちょっと嫌な感じだった」

「いやいや、俺が悪かった。散々世話になっといて言うことじゃなかった」

「そんなことないよ」

なんだか微妙な感じになってしまい、自分に舌打ちしたくなった。

この一ヶ月で飴屋とは本当に親しくなった。最初の出会いが嘘《うそ》のように健全な仲で、もう家族ぐるみと言っていい。その平和な風景に、今日だって気持ちをなごまされた。

なのに、たまに罠《わな》にはまったような気持ちになる。こんなはずじゃなかったという後悔がどこかにある。じゃあどうしたいんだと問われると困る。妻子のいる男相手にこれ以上の発展は望めず、かといって夫婦ののろけ話を広い心で聞き流すこともできない。手詰まり感満載で、なんとも中途半端なことになっている。

新しい出会いがないのがいけないのか。面倒な妻子もちはひとまず横に置いといて、自分好みの小悪魔系をさがしに小暮町《こぐれちょう》にでも行ってみるか。しかし心がはずまない。

モヤモヤしていると、居間から甲高い論の声が響いた。

「おじいちゃん！　おじいちゃん！」

「朋さん、先生、きて！」

のばらの声もする。なにごとだと居間へ行くと、祖父が畳に倒れていた。

「祖父ちゃん！」

「話してたら急に倒れちゃったのよ」

「祖父ちゃん、おい、しっかり！」

抱き起こそうとすると、のばらに止められた。

「脳卒中かもしれないから、頭は水平のままなるべく動かさないで。朋さん、早く救急車呼んで。先生さんはかかりつけの病院があるならそっちに連絡して」

介護学校に通っているだけあって、のばらは落ち着いていた。論も「おじいちゃん、おじいちゃん」と声をかけて祖父の手をさすってくれていた。

「飴屋さん、のばらさん、ありがとう」

到着した救急車に乗り込みながら礼を言った。のばらの腰にしがみつき、論がこちらを見ている。泣くのを我慢している表情がかわいそうで、大丈夫だからと笑顔で声をかけた。

祖父は軽い脳梗塞《のうこうそく》で、しばらく入院することになった。詳しい検査をしてみないとわからないが、最初の対応がよかったおかげで命に別状はないと言われた。

とりあえず個室のベッドに寝かされ、祖父は軽い寝息を立てている。成田は静かに病室から出た。暗い廊下にしゃがみ込み、大きく息を吐いた。助かってよかった。診断が出るまで生きた心地がしなかった。疲労困憊《こんぱい》で一階に下りると、夜間受付のベンチに人影があった。

「おつかれさん」

飴屋だった。

「……飴屋さん、なんでここに？」

「こういうときにひとりだと心細いだろう」

なんでもない言葉に、きりきりと巻き取られていた糸がゆるんでいく。ありがとうと言おうとしたのにうまく言葉が出てこなくて、おかしな笑い方になってしまった。

「爺さん、容体どうだ」

「命に別状ない。しばらく入院になるけど」

そう言うと、飴屋の肩からもふっと力が抜けた。心配してくれていたのだ。

「のばらさんがいてくれて助かった。最初の対応がよかったって医者に言われたよ」

「そうか。役に立ってよかった」

「せっかくの快気祝いだったのに、こんなことになってごめん」

「馬鹿、そんなこと気にすんな」

「でも初めて遊びにきてくれたのに、のばらさんに申し訳ないことしたよ」

「……おまえなあ」

飴屋はあきれた顔をした。

「こんなときくらい自分のことだけ考えろよ。おまえ、さっき救急車に爺さん運び込んだときも俺やのばらに礼言って、論にも大丈夫って笑ってみせただろう」

「そうだっけ。バタバタしてたし覚えてない」

「習い性になってんだよ。おまえ、いっつも人のためになんかしてんじゃねえか。初めて会った店でも初対面の俺かばって、挙句逃げられて、どう考えてもいい面の皮なのに。特に文句言うわけでもないし、それどころかすげえ親切にしてくれるし」

成田は首をかしげた。親切と言われても、時間があるときにちょっと飯作りにいったりしただけだし、代わりに論もうちにきてくれて祖父の寿命を延ばしてくれた。

「別にたいしたことしてないよ」

そう言うと、飴屋はなんとも言えない表情をした。

「……おまえ、ほんといいやつだなあ」

感心というよりも、困った顔をされた。

「してやってる感がないから、してもらってる側も親切にされてる意識なくて、結果おまえは報われないんだ。例の『お兄ちゃん』コースはこうして作られるんだな」

「ひどい分析だな」

「真面目に言ってんだよ。恋愛に限らず、おまえ昔から損するタイプだったろう。いい子すぎて、あの子はほっといても大丈夫って後回しにされるタイプ」

「そんなこともないけど」

心当たりはあったが——。

「なるべく借りは作りたくねえのに、おまえにはたまってく一方だよ」

飴屋は腕組みで溜息をついた。

「つうわけで、今度のかき氷の約束はキャンセルな」

「え、もう機械借りる約束したんだけど」

論がかき氷を自分で作りたいと言うので、夏休みの間にみんなでやろうと約束をしていたのだ。論はすごく楽しみにしている。しかし飴屋はダメだと言った。

「他人に構ってる場合じゃねえだろう」

子供みたいにしかられてしまい、成田は肩を落とした。

——あの子はほっといても大丈夫って後回しにされるタイプ。

確かに心当たりがあった。中学生で母親と別れて暮らすと決めたとき、当初は申し訳なさそうにしていた母親と義父は時間が経つごとにこう言うようになった。

――清玄はひとりっ子だけど、元々お兄ちゃん気質があったのかしらね。

――小さいころから空手をやっているからかな。心が強い。

褒められるたび、なんだかモヤモヤした。自分はそんなできた人間じゃないし、ただのそこらにいる中学生だった。家を出ていくときは当然悲しかったし、わがままな義妹にも内心でおまえのせいだと毒づいていた。それらを口にしても事態が悪化するだけなので、ぐっとこらえていただけだ。だから褒められるより、我慢させてごめんね、とたまに母親に会ったときは甘やかしてもらいたかった。そうしたら、全然平気だよと心の底から思えたはずなのに。

母親も義父も、自分たちの罪悪感を成田を褒めることでごまかしていただけだ。この子は強いから平気。自分たちは悲しい思いはさせていない、と。親に対してそんなふうに感じる自分も嫌で、だんだんと成田は向こうの家には寄りつかなくなった。

今は過去の恨み言を口にするのも恥ずかしいほどの大人になってしまい、ナイーブだった青春時代は遠くなった。けれど今でもなにかの拍子に古傷が疼《うず》いたりもする。人には見せられない恥ずかしいその場所に、飴屋の手がそっとふれた気がした。

「ありがとう。でもやっぱりかき氷はやりたいよ」

「おまえ、人の話聞いてる？」

「聞いてる。でも俺は飴屋さんちが好きなんだ」

飴屋はまばたきをした。

「ちょっと変わった家庭環境だけど、飴屋さんも、のばらさんも、論も、みんな思いやってる感じがする。なんていうか、ちゃんと家族してる気がする」

「……家族してる」

飴屋が繰り返す。成田はうなずいた。

「俺の家はそういう感じじゃなかった。前に言っただろう。母親は母親で新しい家庭があるって。父親は早くに死んで、俺が中学生のときに母親が再婚したんだ」

飴屋はじっとこちらを見ている。

「母親は新しい家庭になじもうと必死で、でも色々あって俺だけ祖父ちゃんとこに戻ってきたんだよ。還暦越してまさかの子育てで、祖父ちゃんも祖母ちゃんも大変だったと思う。すごい感謝してるけど、やっぱり今でも普通の家庭への憧れみたいなのはあるよ」

話しながら、だんだんと居たたまれなくなってきた。いい年をした男が母親がどうの普通の家庭への憧れがどうのと恥ずかしい。青春は遠くなったなんてどの口が言ったのか。

「なるほどなあ」

飴屋がうなずいた。

「じゃあ、かき氷やるか」

「いいの？」

「俺はおまえがしんどいんじゃねえかって思っただけだし、そうじゃないなら止める理由はねえよ。かき氷だけじゃなくて、おまえがきたいときは遠慮せず好きなときにこいよ。って言うほどたいした家じゃねえけど」

飴屋がにっと笑う。むずがゆい喜びに耐えていると、入り口が慌ただしくなった。また急患だ。胴着を着た男たちの中に見知った顔があった。

「田中《たなか》くん？」

声をかけると、田中が振り向いた。同い年で別区の道場の指導員だ。

「ああ、成田くん。どうしたんだ、こんな時間に病院なんて」

「祖父ちゃんが倒れたんだ」

「師範が？」

「少し入院するけど、命に別状はない。田中くんのほうは？」

「稽古中に学生が額切っちまったんだよ。大会が近いからつい熱が入ったみたいで、まあ、この程度はしょっちゅうだよ。それより師範お大事に。また見舞いにくるわ」

「ああ、ありがとう」

挨拶をして別れようとしたとき、田中がふと成田の背後に視線を留めた。後ろには飴屋がいる。田中はすぐに視線を外し、じゃあと行ってしまった。

田中と入れ替わりに呼んでいたタクシーが到着し、飴屋とふたりで乗り込んだ。先に飴屋を送ろうとしたのだが、一緒に成田の家へ戻ると言う。

「散らかしたままだったし、片づけ手伝うわ」

「いいよ、そんなの」

「それくらいさせろ。この一ヶ月、家族ぐるみで世話んなったんだ」

しかし後片付けはのばらがしておいてくれた。居間のテーブルには、論の字でメモが残してある。『おじいちゃん、はやく元気になってね。ぼく、びょういんにおみまいにいくね』メモの横には新聞の広告で折った鶴が添えてあった。

「これは喜ぶだろうなあ。明日、見舞いのときに持っていくよ」

小さな思いやりに気持ちがほぐれた。

「じゃあ、することもねえし俺も帰るか」

飴屋が言い、ちょっと待ってと成田は台所へ行った。せっかく論も手伝ったのに、結局一口もケーキを食べていない。成田はタッパーにケーキを移し替えて紙袋に入れた。ついでに他のおかずも別に詰めて居間に戻ると、飴屋も広告を正方形に切って鶴を折っていた。

「できた」

嬉しそうに鶴の両羽根を引っ張ってみせる。しかしテーブルに置くとまっすぐ立たずに左にかたむいてしまう。論のほうが上手だねと笑うと、飴屋は口元をへの字に曲げた。

「手間かけさせて、かえって悪かったな」

玄関で靴を履く飴屋を、成田は後ろに立って見送った。

「しばらくは大変だろうけど無理はすんなよ。人手がいるときは言え」

「ありがとう」

「って言いながら、おまえは言わねえからなあ」

ぺちぺちと頰を叩かれ、やめろよと笑いながら手を取った。すぐに離せばいいものをタイミングが遅れてしまい、飴屋の手を取ったまま見つめ合う恰好になってしまった。

――あ。

友人ならなんてことのない接触に胸がざわついた。

飴屋も一瞬しまったという顔をした。

このまま、つないだ手を引き寄せたらどうなるだろう。

無謀で甘い誘惑に心拍数が上がる。けれどすぐに理性が顔を出す。おかしなことをしたら、うまくいっている今の関係もダメになる。手を離すと、飴屋もほっとしたように見えた。

「おやすみ。今夜はありがとう」

「ゆっくり寝ろよ。なにかあったら電話しろ」

飴屋は軽く手を振って帰っていった。

成田はしばらく玄関に立ち尽くした。手のひらが妙に熱を持っている。熱はなかなか引かなくて、このままだと気持ちの深いところまで沁《し》みていきそうで怖くなった。

翌日、母親に電話で祖父の入院を告げた。脳梗塞と聞いて母親は驚いたが、命に別状がないことを伝えると大きく息を吐いた。

「ああ、よかった。でももう年が年だしねえ。まだ道場に出てたの？」

「週に二度だけね」

「それも考えないとダメね。お祖父ちゃん頑固だから清玄も大変だろうけど、角が立たないよう言い聞かせてあげてね。あんたもお祖父ちゃんには散々お世話になったんだから」

世話になった原因をさらっと流しての物言いに、微妙にわだかまるものを感じた。

「お母さんも時間見つけてお見舞い行くわ。でも今年は亜里沙《ありさ》が大学に進学して、ひとり暮らしもはじめたでしょう。県内で通えないこともないし、家事もろくにできないんだからやめときなさいって言ったのに聞かなくて。案の定、今になって色々大変なのよ」

大学生にもなってあいかわらずお姫さまかとあきれた。祖父の容体もそこそこに義妹のことに話は流れ、電話を切ったあとは溜息が出た。喧嘩《けんか》に発展するほどのことではなく、けれど小骨が刺さったようないらだちが残る。これだからあまり連絡したくないのだ。

気分を切り替え、道場の事務室に行った。指導員や師範代たちに祖父の病状と、道場は通常通りに開ける旨を連絡した。さらに祖父は県代表の師範でもあるので、他の道場にも連絡しないといけない。礼儀を重んじる世界で、目上の師範たちにメール連絡などはできず、すべて電話で直に報告をした。見舞いや激励の言葉に見えもしないのに頭を下げる。すべて連絡し終えたときは気疲れでぐったりした。

次は祖父が出席するはずだった催事だ。すべてキャンセルにするか、日付をずらせるものは退院してからの算段にしたほうがいいか。そのあたりは祖父に相談しなくてはいけない。経理関係の質問もある。ダラダラしている時間はなかった。

入院に必要なものをそろえて病院に行くと、祖父は思ったよりも元気そうだった。青ざめていた顔色に色味が戻っている。安堵《あんど》する成田とは逆に、祖父はバツが悪そうだった。

「昨日はすまんかったの。張り切りすぎて血圧が上がったのかもしれん」

「血圧上がった原因から、これあずかってるよ」

つたない字で書かれた論の広告で折られた鶴を二羽渡すと、祖父の顔色はますますよくなった。達者な字じゃのうと目を細め、平らなところに置くと左にかたむいてしまう鶴にも、小さいのに器用じゃのうと嬉しそうにしている。

「それは論じゃなくてお父さんのほうが折ったんだよ」

「不器用じゃの」

ふたりで笑っているとノックが響いた。

「師範、おはようございます」

よく響く呼びかけと共に、田中が病室に入ってきた。

「おお、田中くんか。どうした」

「昨日、うちの道場生が怪我をしてここに連れてきたとき、たまたま成田くんと鉢合わせしたんですよ。師範が倒れられたと聞いて驚きました」

「恥ずかしいことだ。ひとさまに迷惑をかけて」

「なにを言ってるんですか。みんな師範の復帰を待っていますよ」

そう言い、田中は見舞いの菓子と最新号の空手雑誌を祖父に渡した。さすが祖父が喜びそうなものをわかっている。三人で今年のオープントーナメントの話に花を咲かせていると、様子を見にきた看護師から「そろそろお休みしてくださいね」とストップが入った。

「長々とお邪魔しました。どうぞお大事にしてください」

礼儀正しく腰を折る田中を送りに、成田もロビーに下りた。

「田中くん、今日はわざわざありがとう」

「いや、俺も試合前には師範に稽古をつけてもらったことがあるから。それより昨日、成田くんと一緒にいた男のことなんだけど、道場生？」

「飴屋さんのこと？」

「やっぱりあれ飴屋くんか。暗かったからよく見えなかったけど」

「え、知り合いなの？　飴屋さんは本人じゃなくて小一の息子が道場生なんだよ。うちとは祖父ちゃんも含めて家族ぐるみでつきあってる」

「あー……、そっかあ」

田中の歯切れが悪くなった。なにと問うと、うーんと口を濁す。

「そういうの余計気になるんだけど」

「うん、いや、まあ昔の話だと思って聞いてほしいんだけど、飴屋くんは俺の高校時代の先輩でさ、あ、俺、大学からこっちきたから」

「ああ、そうだったっけ」

「知ってるだけで友達じゃないんだ。俺はごく普通の空手部員だったし、向こうは創立以来のドヤンキーって言われるくらい地元で有名なやんちゃくれだったから」

「まじで？」

「でも弱い者いじめは絶対しない人だったよ。自分からは喧嘩も売らないけど、売られた場合は速攻買ってボッコボコ。あんな細いナリしてどえらい強かった」

思いがけない飴屋の過去だった。ピンチにも動じないところや額のバツ印など、肝が据わっている感じはあったが、創立以来のドヤンキーとはまたすごい。

「俺の地元は、ガラの悪い新成人ってニュースで毎年取り上げられるくらいヤンキー文化がすごいとこなんだよ。せまいエリアにチームがいくつもあって、その中でも飴屋くんと森山《もりやま》くんがリーダー張ってたやつが一番でかくて、地元ヤンキーの星だったんだよなあ」

「森山くんって?」

「森山拓人。飴屋くんの親友で、飴屋くんと並んでチームリーダー張ってた先輩。チャラい雰囲気の飴屋くんとは逆に硬派なタイプで、飴屋くんとニコイチで地元最強って言われてた」

「なんか恰好いいな」

最強という言葉に、武道家として漢心《おとこごころ》を刺激された。

「ふたりとも優しくて、強くて、面倒見もよくて、すげえいいチームだったんだよ。なのに森山くんがいきなりチーム抜けるって宣言して、その夜にバイク事故で死んじゃってさ」

「……え?」

「しかも飴屋くんまで彼女と結婚して高校辞める、チーム抜けるって言い出して、チームの連中は意味がわからなかったらしい。だって相手の子、森山くんの彼女だったんだから」

成田ははじかれたように田中を見た。

「最悪なのは、彼女が妊娠してたことだよ。つまり森山くんが生きてたころからその子は二股かけてたってことだろう。飴屋くんも平気な顔で親友を裏切ってたわけで……」

森山がチームを抜けると言ったのは、飴屋とのばらのことが原因なのかと仲間は疑った。なにかの間違いだろうとチームみんなで問い詰めたが、飴屋はなにも言い訳をしなかった。

飴屋と森山の最強コンビはチームの誇りだった。そのぶん、裏切られたと感じた仲間の怒りはすさまじく、全員が飴屋を一発ずつ殴っていった。一発といっても、チームは四十人以上いたのだ。最後はひどい有様だったらしい。

「中でもひとり怖いぐらい森山くんと飴屋くんに心酔してるやつがいて、そいつがいきなりナイフ出して飴屋くんの顔をバツの形に切ったって聞いた」

「そんなのもう事件じゃないか」

「言ったろう、俺の地元のヤンキー連中はまじで気合い入ってんだって。さすがにそれはやりすぎだって周りが止めたらしいけど、それでも裏切り者って喚《わめ》きまくってたって」

想像のはるか上を行く傷の理由に、成田はぞっとした。

「それからすぐ飴屋くんは高校辞めて、彼女連れて地元から消えたんだよ。飴屋くんと森山くんがふたりでひとつのカリスマだった分、飴屋くんとその子はサイテー扱いで、多分ふたりとももう地元には帰ってこれないんじゃないかなあ」

溜息をつくと、田中はこちらを見た。

「だから、おまえも気をつけろよ」

「なにを」

「人の本質なんてそうそう変わらない。一見男気ありそうに見えるけど、場合によっては飴屋くんは親友を裏切るやつだってことだ。どんな事情があっても、そういうことをしないやつもいる。嫌なこと言って悪いけど、家族ぐるみでつきあってんなら特にさ」

「……うん」

成田は足元に目を落としながら答えた。

八月に入って毎日暑い。この暑さがこたえているのだろう、祖父の食欲が落ちていると看護師から報告を受けた。食べられなくなったら人間は終わりだと言い、昔から無理してでも食事だけは抜かない人だったのに、相当調子が悪いのだ。

慣れているもののほうがいいだろうと、見舞いの帰りに成田はスーパーに寄った。祖父は夏は素麺《そうめん》が好きだ。家で茹《ゆ》でて、向こうで出汁《だし》をかけるスタイルなら持っていける。トッピングに疲労回復に効く大豆と葱《ねぎ》の天ぷらでもつけようか。

食材を買いこんでいると、スイカの大玉が安売りしていた。しかし祖父も入院中の今、ひとりで大玉は消費しきれない。どうしようか考え、飴屋の家に持っていこうと思いついた。半分ずつにすればちょうどいい。

食材を家に置き、巨大なスイカと共に汗だくで飴屋の家に向かった。車で行ければ楽なのだが、飴屋のアパートの近くには駐車場がない。ちょうどいい体力づくりだと、巨大スイカをダンベル代わりにくいくい持ち上げながら炎天下を歩いた。

田中から聞いた話は心の片隅に置いてある。置いてあるだけで、大勢に影響を与えてはいない。親友の恋人を略奪した。どう考えても褒められたことではないけれど――。

なにを捨ててもかまわないと思えるほどの情熱が、飴屋にものばらにもあったのだろう。それが若さの愚かしさや勢いだったとしても、道徳や倫理ではしばれない気持ちがあることは、大人になれば誰でも想像できるはずだ。飴屋たちが不運だったのは、奪われた側の森山が亡くなってしまったことだ。したこと以上の非難が集中してしまった。

それから年月が経ち、飴屋とのばらは少々変わった形態だが、論を間に互いに助け合って暮らしている。それが答えなんじゃないだろうか。生きていると色んな問題が起きるけれど、流れる時間でしか証明できないことは多い。

照りつける太陽の下、成田は足元の濃い影を見ながら歩いた。親友の恋人への横恋慕くらいでは、自分の飴屋への気持ちは少しも揺らがない。それどころか飴屋とのばらの熱烈なロマンスを聞いて、今さらのように落ち込んでいる。友人だと言いながら、チクチクと針で刺されたような痛みを感じている。本当に馬鹿だ。

飴屋家のアパートが見えてきて、連絡をせずにきてしまったことに気づいた。気持ちは揺らがないとか言っておいて、やっぱり動揺しているのだ。まあいないならいないでいいかと表側に回ると、部屋の前で飴屋と見かけない年配の女性が立ち話をしていた。

「どうしてのばらや論に会っちゃいけないの。あたしは実の母親なのよ」

「言われなくても知ってるよ。その上で会わせられないって言ってんだ。どっちにしてものばらは仕事だし、論は夏休みのプール学習。ふたりとも留守なんだから帰ってくれ」

相手はのばらの母親らしく、以前聞いた話を思い出した。

——おばあちゃんが、あんたは動物よっておかあさんに言った。

——論ちゃんはかわいそうねって言った。なにも知らなくてかわいそうって。

——おかあさんが、論におかしなこと言わないでっておばあちゃんをぶった。

今もなにやらもめている感じで、声をかけるのがためらわれる。

「帰ってくれよ。どうせ会ってもろくなこと言わねえんだから」

「あんたたちがろくなことしてないんだから、言われてもしかたないでしょう！」

これ以上聞かないほうがいい。帰ろうと踵《きびす》を返したとき、

「実の兄妹で子供作るなんて、犬や猫と同じじゃないの！」

思わず足が止まった。

「頼むから、それ以上言わないでくれ」

ぎりぎりまで怒りをこらえた声にのばらの母親が黙り込み、飴屋が尻ポケットから財布を取り出した。中身をすべて抜いて差し出す。

「今、こんだけしかないけど」

「あたしはそんなつもりじゃないわよ」

「わかってるよ。俺が気を回してるだけだから」

「……ならいいけど。今うちの人もちょっと仕事がうまくいってないから助かるわ」

のばらの母親は、受け取った万札をそそくさと鞄にしまった。

「まあでも朋くんも変わってるわね。自分の子供でもないのに」

「やめてくれって言ってるだろう。論もう小学校に上がったんだ。大人がしゃべってること
も、そこそこ理解するようになってきてる。迂闊《うかつ》なこと言わないでくれ」

「わかったわよ。じゃあ、のばらによろしくね」

のばらの母親がこちらにやってくる。

「……成田」

呆然と立ち尽くす成田に気づき、飴屋が驚きの表情を浮かべる。咄嗟《とっさ》になにを言っていいの
かわからない。しかたなく、情けない笑顔で巨大なスイカを持ち上げてみせた。

「冷えてねえけど」

部屋に通されたあと、飴屋がスイカを切って出してくれた。よっこらしょと飴屋が向かいに
座る。どちらもなにも話さない。開いた窓から風鈴の音が聞こえた。

「さっきの話だけど」

飴屋が先に口を開き、成田は視線を上げた。

「おまえだけの胸にしまっておいてくれると助かる」

天真爛漫《てんしんらんまん》な赤いスイカの向こうで、飴屋は真剣な顔をしている。

「わかった。誰にも言わない」

——言えないよ。

「ありがとう。恩に着る」

「けど何個か質問していい。嫌だったら答えなくてもいいから」

「ああ」

「実の兄妹なのは、飴屋さんとのばらさんじゃないんだよな？」

「ああ」

「論の本当のお父さんは、のばらさんのお兄さん？」

「ああ」

重すぎる秘密が、石みたいに心の中に静かに沈んでいくのを感じた。のばらの母親がのばらに向かって動物と言ったわけも、論はなにも知らなくてかわいそうと言ったわけも、のばらが母親をぶったわけも一気にとけていく。

「実のお父さんは、森山拓人さん？」

飴屋が目を見開いた。

「知り合いに聞いたんだ。祖父ちゃんが倒れたとき、病院で胴着姿のやつと会っただろう。あいつが飴屋さんと同郷で、飴屋さんと森山さんとのばらさんのこと知ってた」

飴屋の全身からふっと力が抜けた。

「……そっか、聞いたか」

飴屋が前髪をかきあげる。薄く見えるバツの傷跡。

「その傷のことも」

「ああ、いきなりナイフでざっくりな」

飴屋が笑う。

「笑いごとじゃないだろう」

「今、生きてるからいいんだよ」

「そんな大雑把な」

「死んだら全部終わりだ」

きっぱりとした言い方に飴屋の思いが重なって、成田はなにも言えなかった。

飴屋はスイカを取り、赤い果肉をさくりとかんだ。汁がこぼれたが、かまわずに咀嚼《そしゃく》していく。さくさく。さくさく。滴る果汁にぺろりと小さく舌を出す。

「親友の女寝取ったって聞いたんだろ」

「うん、だから聞いた話とは違うなと思ってる」

ふっと沈黙が漂った。

「俺ら以外、誰も本当のことなんて知らねえよ。のばらと拓人にしたって、自分たちが兄妹だって知らなかったんだ。あいつらがちっせーときに親が離婚して、なにも知らないまま出会って、好きんなって、そうだってわかったときにはのばらは拓人の子供を妊娠してた」

額に手を当てたい真実だった。

「色々あって、本当に、もうまじで色々あって、のばらだけじゃどうにもできなくて、俺が父親になった。後悔なんてしてない。俺は拓人と約束したから」

「約束？」

「ああ」

飴屋はそれがなんなのかは言わなかった。どう色々あったのかも語らなかった。飴屋にとって短い言葉で語れることではないんだろう。だからこそ見えてくるものがある。

「森山さんのこと、好きだった？」

飴屋は身じろぎもせず成田を見つめ返した。

——飴屋さんも、どうにもできない恋とかしたことある？

——ある。

成田の家の縁側で、淡いピンクに染まった夕焼け空を成田は仰ぎ見ていた。そこに誰かがい

るようだと感じた。あのとき飴屋は森山拓人の影をさがしていたのだ。

成田はテーブルでぬるくなっていくばかりのスイカに手を伸ばした。大口を開けてかぶりつく。飴屋の気持ちが切なすぎて、そうしていないと泣いてしまいそうだった。

「おまえは変わってるな」

飴屋が言う。成田は白い皮が見える残骸《ざんがい》を皿に戻し、もうひとつ取った。

「親友の女寝取った男に、のんきにスイカとか持ってくるか？」

「寝取ってないだろう」

「ねえけど、表向きはそういうことになってる」

「中学生じゃあるまいし、そんなことでつきあいやめる大人がどこにいるんだよ。そもそも俺は昔から男の趣味が悪いんだ。あんなのとは早く別れろって散々周りから言われるような恋愛しかしてきてない。けど、人からなんか言われて翻るような気持ちなら恋じゃないだろ」

「恋？」

「俺は、本気で飴屋さんに惚れてる」

成田は再びスイカにかぶりついた。

「……おまえ、まじで趣味悪すぎねえか？」

口元からたれた汁を乱暴にぬぐった。

「自分で言うなよ」

飴屋は苦笑いを浮かべ、短い沈黙が落ちた。

「サンキュウな。けど、俺はおまえとはつきあえねえよ」

あまりにもあっさりと断られ、傷つくこともできなかった。

「森山さんのことを忘れられない？」

「さあ、どうだろうな」

飴屋は立てた膝に頬杖《ほおづえ》をつき、窓のほうに視線を逃がした。

「そんな人がいるのに、なんで適当に男食ったりするんだよ」

「上と下で別パーツなのが男だろ」

明快すぎて、同じ男として反論できなかった。何ヶ月の話ではないのだ。惚れた男が死んでから七年。その間、ひたすら我慢しろと言うのは若い男としては殺生すぎる。

「まあそれだけでもないけど」

飴屋はぽつりとつけたした。

「のばらとの結婚は、最初は拓人との約束を果たそうって気持ちからだった。けど今はもうそういうのを超えたとこで、家族としてのばらや論とつながってる。最低でも論が二十歳になるまで、俺は旦那役も父親役も下りるつもりはない」

「…………」

「のばらの母親見ただろう。のばらが出てってから男と暮らしはじめたけど、その男がまた働かねえクズでよ。娘が大変なときになんも手助けしねえどころか塩ぶっかけるようなことしやがったくせに、困るとさっきみたいにのばらに金せびりにきやがる」

珍しい、吐き捨てるような口調だった。

「俺やのばらだけならいいんだよ。けど論にまで余計なことを言うのが困る。今だって俺がいなくて論だけが家にいたらって想像したらぞっとする」

確かに。成田の背筋も寒くなった。

「俺には守りたいもんがある。だからおまえの気持ちには応えられない」

わかりすぎる。なのに聞いてしまった。

「そういうの全部取っ払ったら、俺のことどう思ってる?」

飴屋は困った顔をした。

「取っ払えねえよ。わかるだろう?」

それもわかる。取っ払ってしまったら、それはもう飴屋ではなくなる。

意味のないことを聞いてしまった自分を恥ずかしく思った。

「今までサンキュウな。楽しかったよ」

優しい言い方で、もうここにはくるなと言われてしまった。開け放された窓からは相変わらず風鈴の音が流れてきて、暗い部屋の中から眺める外はひどく輝いて見えた。

見舞いに行くと、祖父の病室は空だった。おそらく屋上だろう。のぞきに行くと、案の定、大きな日よけの下で型をやっていた。病人が無理をするな。しかしゆるやかな型なので大目に見ることにした。毎日鍛錬している身では、動けないことがこたえるのはわかる。

祖父の型はさすがだった。重心が安定していて、どこにも揺らぎがない。初心者向けの型だが、レベルが違うことがはっきりとわかる。弟子のまなざしで見とれていると、祖父の動きがいきなり大きくなった。連続の飛び蹴《け》りから正拳突きと手刀、回し蹴りから反転して腰を落としての正拳突き。臥竜《がりゅう》という型で、成田は慌てて飛び出した。

「ストップ、ストップ、ストーップ」

現れた成田を見て、祖父はしまったという顔をした。

「入院患者のくせになに暴れてんだよ。軽い運動はいいけど、やりすぎるなってお医者さんに言われてるだろう。そんなんしてたら入院が長引くぞ」

祖父は肩を落とし、すまんと素直に詫《わ》びた。祖父は頑固だが、人に迷惑をかけることをなによりの恥とする人なので早く退院したくてしかたないのだ。

「金居さんから駿天堂《しゅんてんどう》の金魚のゼリーもらったよ。食う？」

病室に戻ってから菓子の袋を見せた。

「おお、夏らしいの。論に食わすからしまっておいてくれ」

わかったと備えつけの冷蔵庫にゼリーを入れた。論は稽古日以外はほとんど毎日祖父の元に顔を出してくれる。見舞い菓子を一緒に食べ、折り紙で遊び、枕元の鶴は結構な数になっている。論から早く元気になってね、またおじいちゃんの唐揚げ食べさしてねと言われるのが祖父には一番の薬のようだ。それもあり、早く退院せねばと身体を鍛えている。

最近ますます友好関係を深めている爺孫コンビと違い、自分と飴屋の関係はぷつりと途切れてしまった。あれから十日、飴屋とは会っていない。感情は飴屋をあきらめきれていない。けれどあんな重い秘密を抱えても、のばらや論を守る覚悟を決めている飴屋に、自分ごときがなにをしてやれるだろう。そもそも助けられることを飴屋自身が望んでいないのに——。

「すまんな、清玄」

「ん？」

「最近、顔色が冴《さ》えん。道場の運営も本部とのやり取りも、全部ひとりでやって疲れておるんじゃろう。内向きも外向きもよう対応しとると、見舞いにきてくれた館長も言っていた。わしの見舞いなんぞええから、そのぶん身体を休めろ」

「なに言ってんだよ。若いのにこれくらいなんでもないって」

嘘《うそ》だ。実のところヒイヒイ言っている。身体を動かすことは苦にならないが、経理や道場の代表として外部とやり取りするのは気疲れする。跡継ぎとは名ばかりで、今までどれだけ祖父の下でのんびりやっていたかを思い知らされる毎日だ。しかしへこむ時間もない。とにかく意識を切り替えるいい機会だと受け止めるしかない。

「しんどくても、おまえはそう言わんからな。子供のころからそうじゃった」

祖父は情けない顔をする。

「ほんと大丈夫だって。もうちょっと信用してくれよ」

そういうふうに気遣ってもらえるだけで人はがんばれるのだ。

「成田さん、検査の時間ですよ」

道場についての報告をしていると、看護師が祖父を呼びにきた。じゃあ今日は帰ると成田もロビーに下りると、向かいから母親が歩いてきた。花束を持っている。

「見舞いきてくれたんだ」

やっと、という言葉を呑み込んだ。祖父が入院してから十日以上も経っている。

「検査に行ってるから、祖父ちゃんしばらく帰ってこないよ」

「あら。じゃあお茶でも飲みましょうか」

「道場の仕事があるから」

「少しくらいつきあいなさい。あんた今年のお正月も顔見せなかったんだから」

そう言われると断れず、地下のカフェに行った。コーヒーをはさんで母親と向かい合い、なにを話そうか考えて、無難に母親の話したいだろう義妹の話題を振った。

「亜里沙《ありさ》、大学生活どうなの？」

「もう大変よ。ほとんど毎日呼びつけられるか電話かけてくるんだから」

「毎日って、友達いないの？」

「どうなのかしらね」

母親が困ったように言葉を濁す。亜里沙は長患いの末に実の母親を亡くし、父親から溺愛《できあい》されてわがまま放題に育った。外では人見知りで引っ込み思案だが、家の中では暴君で毒舌を気取る。あの性格のままでは、友人を作ることは難しいだろう。

「お見舞い、本当はもっと早くきたかったのよ。でもお祖父ちゃん、昔、お父さんと大喧嘩したでしょう。あんたをひとりで家に帰したことが原因だから、お父さんも強くは出られなかったけど、やっぱり今でもいい気持ちじゃないのよ。あのときは間に立って、お母さんも大変だった。だからお祖父ちゃんのお見舞いにも、あの人の手前なかなかきづらくて」

母親は言い訳をするように早口になった。

「命に別状はないって聞いたし、清玄がついてるから安心していられたんだけど」

それとこれとは話が別だろう。親が倒れたと聞いたら、なにを置いても夫婦そろってかけつけるのが身内じゃないか。でもそう言うと話がこじれるし長引く。成田はコーヒーと一緒に言いたいことを飲み込んだ。ひどく苦くてまずい。

「倒れたときはどうだったの。救急車呼んだんでしょう？」

「ちょうどお客さんがきてて、その人たちが色々よくしてくれたんだ」

落ち着いて指示を出してくれたのばら。ずっと祖父に呼びかけて、手をさすってくれていた論。こういうときにひとりはしんどいだろうと病院まできてくれた飴屋。

「あんたは昔からしっかりしてるから、お母さん本当に助かってるわ。お父さんや亜里沙の手前そうそう頻繁にはこられないけど、お祖父ちゃんのことお願いね」

「……うん、わかった」

あきらめの境地でうなずいた。自分はそんなできた人間じゃないと何度言っても、母親には伝わらないんだろう。別に大層にねぎらってもらいたいわけではないけれど。

――無理だけはすんなよ。人手がいるときは言え。

――わしの見舞いなんぞええから、そのぶん身体を休めろ。

飴屋や祖父がくれる言葉はとてもあたたかい。だからこっちはもっといいものをあげたいと思う。ギブアンドテイクという言葉は打算的でもなんでもない。自然な気持ちの流れだ。

帰宅してから道場の事務仕事に取りかかった。勉強しはじめたばかりなので、いちいち本を読みながらなので手間取る。一時間ほど帳簿と格闘し、頭がこんがらがってきた。お茶でも淹《い》れるかと事務所を出ると、実家の勝手口に論が座り込んでいた。

「先生！」

成田に気づき、胴着袋を背負った論が駈け寄ってくる。

「どうした。まだ稽古の時間には早いだろう」

「先生に会いにきた。先生、このごろちっとも家にきてくれないから」

「ごめんな。先生ちょっと仕事が忙しくて」

かき氷の約束も流れたままだ。しかし論はわかってると言うようにうなずいた。

「うん、おじいちゃんもそう言ってた。おじいちゃんが入院してるから、先生がひとりでお仕事やってるんだって。かき氷もできなくてすまんなあって。俺、全然って言ったよ。だっておじいちゃんが元気になるのが一番だもんね。そしたらまた先生うちにくるよね？」

「そうだなあ」

しかし自分と飴屋の親交は復活する見込みがない。

「俺ね、おじいちゃんと約束したんだ。おじいちゃんが元気になったら、俺とおかあさんと一緒にご飯教室するんだよ。お見舞い行ってる間に、おかあさんもおじいちゃんとなかよくなったから、おかあさん、おじいちゃんにご飯習うんだって」

いよいよ家族ぐるみな状況に成田は笑顔を引きつらせた。

「でも先生、今日とか、ちょっとでいいからうちにこられない？」

「うん？」

「おとうさん、元気ないから」

「え？」

「おとうさん、このごろいっつもぼうっとして、窓んとこに座ってタバコ吸ってる。俺、おとうさんがタバコ吸ってるの初めて見た。おかあさんも心配してたから、先生がこないからだよって教えてあげた。先生、今、おじいちゃんのぶんまで仕事してるから忙しいんだって。おじいちゃんが元気になって、先生がまた家にきたらおとうさんも元気出るよって」

そんな微妙なことを言ってはいけない、と論に言えるはずもない。

「お母さんはなんて言ってた？」

「そっかあって。おとうさん、先生が好きなのねって」

どばっと冷や汗が出た。

「おとうさんにもそう言ってあげたよ。また先生くるから元気出してって」

「お父さんはなんて？」

思わず前のめりになった。

「関係ねーよって」

「……そっか」

肩が落ちた。ここまできても期待している自分が恥ずかしくなった。

「でも俺わかる。おとうさんがそうなったの、先生がこなくなってからだ」

「そうかな」

「絶対そうだよ」

だったら嬉しいけれど、もしそうだとしても、それは自分が望んでいるものとは違う。自分は恋愛として、飴屋は友情として、そこがかみ合わないからもう会えなくなった。思わず溜息をもらしかけ、子供の前だと自制した。

「論、どれくらい待ってたんだ」

「えーっと、さんじっぷんくらい？」

指を三本立てられてぎょっとした。よく見ると、この暑さの中で論は帽子もかぶらず頭から汗だくだ。慌てて家に入れ、冷たいカップのかき氷を出してやった。

「すっごい、先生んちの庭ジャングルみたいでかっこいい」

よしずで日差しをさえぎられた縁側にちょこんと腰かけ、論はかき氷を食べながら庭を眺めた。肥料もやらないのに、庭木にからみついてあちこち花を咲かせるヘブンリーブルー。濃い赤色のサルスベリ。足元には名前も知らない花や草たち。二年前に祖母が他界してから庭は暴走をはじめ、最初は世話をしようと試みたがすぐに手に負えなくなり、今では『野趣あふれる』という言葉でごまかしている。男所帯などこんなものだ。

「おじいちゃん、夏休みの間に元気になるかなあ」

論が縁側で足をぶらぶらさせながら聞いてくる。

「なるよ。こないだも屋上でこっそり空手の稽古してたし」

「病気なのに稽古していいの？」

「ダメなんだ。だから論からも怒っといてくれ」

「わかった。たくさん怒るよ」

　論は勇ましくうなずいた。医者の言葉よりも祖父には効くだろう。

「おじいちゃんが元気になったら、ここでかき氷したいなあ。おじいちゃんと俺とおかあさんとおとうさんと先生で。夏休みの日記帖に書くんだ。ジャングルでかき氷したって」

「楽しそうだなあ」

「かき氷の機械はペンギン？」

「シロクマだ」

「かわいいね」

「めっちゃかわいいぞ」

「ソースは？」

「シロップ？」

「それ」

「色々用意するつもりだった。イチゴとかレモンとかブルーハワイとか」

「俺、マンゴーミルクが好き。おかあさんはメロンでおとうさんはイチゴ。おとうさん、イチゴのかき氷食べたあと、いっつも赤くなった舌見せるんだよ。火傷したって嘘ついて」

「子供みたいだな」

　笑ったつもりが泣きそうになった。赤く染まった舌を見せ、火傷したと馬鹿みたいな嘘をつく飴屋が見たい。会いたい。もう一度会いたい。胸が痛くてぎゅっと目をつぶった。

「先生、どうしたの?」

「……キーンってなってる」

「かき氷食べてるから?」

こくりとうなずくと、先生かわいそう……と言われた。


論は稽古に行ってしまい、成田は夜のシニアの稽古まで時間が空いた。仕事も家事もやることは山ほどある。けれど今はそれらを横に置いて家を出た。

真夏の夕暮れを歩いていくと、赤い屋根の集合住宅が見えてくる。建物の裏手には緑色の網フェンスが張ってあり、その向こうに飴屋の姿を見つけた。

開けっ放しの掃き出し窓に三角座りで、飴屋はぼうっと庭を眺めている。庭といっても洗濯物を干せる程度の小さなスペースで、植物などは植えられていない。成田は立ち止まり、薄青と薄桃のまざり合う夕暮れの空気に溶けそうな姿を眺めた。

飴屋の手には煙草がある。それは吸われることなく、煙を宙に立ち昇らせるだけで短くなっていく。ぽとりと灰が落ちる。我に返ったように、飴屋は足元にあるビールの空き缶に吸殻を捨てる。また新しいものに火をつけるが、やはりそれも忘れられたまま短くなっていく。

飴屋はぼんやりと膝を抱えている。

あんな頼りない飴屋を初めて見たので驚いた。

もしかして、あれが素なのかもしれないなと思った。

論の出生の秘密は重すぎる。親友を裏切ったと仲間に誤解されたままなら、それまでの友人とも縁は切れているんだろう。親からの援助もなく、十八歳で地元を出てのばらと論を守ってきた。のばらとの間に恋愛感情があるならまだ救われるけれど、飴屋が惚れていたのは死んだ男のほうだ。

想像すると、どっとしんどくなった。たまにはなにもかも放り出して、どこかに逃げたくなりそうだ。自分だったら……と考えているうちに、すとんと落ちるような納得がやってきた。

だから飴屋は小暮町に通うのかもしれない。

たまには逃げたくなって、でもそんなことはできなくて、せいぜい電車で一時間ほどの街で男を引っかけてごまかすのかもしれない。非道徳的で浅薄なその場しのぎだ。それでも、褒められたものではないそんな息抜きが、その人の毎日を支えていることもある。

成田は携帯を取り出して飴屋にかけた。呼び出し音が鳴り、目に映る飴屋が立て膝を崩した。ポケットから携帯を取り出して画面を確認する。あ、という顔をする。そのままじっと携帯を見つめている。ダメかなと思ったが、コール八回目で飴屋は出た。

『おう、どした』

いつもよりぶっきらぼうなしゃべり方だった。

「用事はないよ。どうしてるかなと思って」

『なんだそりゃ。元気だよ』

「今なにしてた？」

『……飯の支度とか』

嘘つきめ——掃き出し窓に三角座りをしている飴屋の姿に目を細めた。

「用事がないって言ったのは嘘だよ」

『うん？』

「色々考えたんだけど、俺ら、今までどおりでいいない？」

間が空いた。

『なにさらっと言ってんだ』

「別に気合い入れて言うことでもないだろう。俺、愛の告白をしたわけでもないし、プロポーズしたわけでもないよ」

『そうだけど……』

「けど？」

『無理だろ』

「どうして？」

『俺にはのばらと論がいる。おまえの気持ちには応えてやれないって言っただろう』

「だから今までどおり友達でいようって言ってんの」

また沈黙が生まれる。

窓辺に三角座りのまま、飴屋はしかめっ面で空を見上げている。

『俺なんかとかかわったら損ばっかだぞ』

「……損かあ」

考えるように繰り返した。

――あんたは昔からしっかりしてるから、お母さん本当に助かってるわ。

自分はそんなにできた人間じゃないし、普段は疎遠なくせに都合よく頼るなよと内心腹を立てている。それでもぐっとこらえることのほうが多い。

だから優しい誰かがそばにいてくれたらいいなと思う。あたたかいものをくれる人に、こっちも同じものを返したい。そんなことを繰り返して恋人になったりすればいいなと思う。でもごく稀《まれ》に、なにももらえなくても、なにかをあげたいと思う相手に出会ってしまう。

「俺は、飴屋さんになにかもらおうなんて思ってないよ」

都合のいいお兄ちゃん役に嘆きながら、その先の甘い展開を期待していた今までの恋と、飴屋への気持ちは少し違う。自分が持っているもので、飴屋の役に立つものがあればなんでもあげたい。見返りがなくてもかまわない。

「飴屋さん、そんな重く考えないで。俺は飴屋さんに惚れてるけど、それはひとまず置いといて、今は友人づきあいができたらいいなと思ってる。うちの祖父ちゃんも、退院したら論とのばらさんに料理教える約束してるみたいだし」

『なんだそりゃ』

勘弁してくれと飴屋がぼやき、成田は笑った。

「もう家族ぐるみだし、俺と飴屋さんだけ縁切るなんて無理だよ」

『けどそれだと俺ばっかり得じゃねえか。五分じゃねえ。そういうのは嫌なんだ』

「得だと思ってくれるの？」

『ああ？』

「俺といると得って、そう思ってもらえるだけで俺は嬉しいんだけど」

『誰がそんな話してんだよ』

キレ気味に怒られて、笑いながらごめんと謝った。

「でも多分、俺、本当にたいしたことしないよ？」

飴屋は小さな子供やか弱い女の人じゃないから、優しくあやして頭をなでて、倒れないよう支えてあげるなんてことはしない。十八のときから七年間、意地の踏ん張りでひとりで立ってきた男にそんな失礼なことはできない。

「飴屋さんはのばらさんや論を守るって決めてるんだろう。そこに俺はノータッチだ。けどだたまには疲れるときもあるだろうし、そういうときは声かけてよ。愚痴でも酒でもつきあう。俺ができるのはその程度のことだ。だからなにも気にしないでいい」

少し間が空いた。

『……おまえ、お人好し通り越して馬鹿だろ』

「そうかもね」

『……アホだろ』

「そうかもね」

『……マヌケ』

憎まれ口を叩くくせに、目に映る飴屋はついに三角座りの膝に顔を伏せてしまった。泣いているだろうか。あきれているんだろうか。わからない。人が心の中に抱えているものなんてわからない。わからないから、そばにいたい。

刻々と暮れていく空の下に立って飴屋を眺めていると、向こうからバイクが走ってきた。結構なエンジン音で走りすぎていく。ふいに飴屋が顔を上げた。

『おまえ、今どこにいる?』

飴屋が慌てて立ち上がり、掃き出し窓から身を乗り出した。

「飴屋さん」

小さく手を振ると、電話の向こうからあきれた気配が伝わってきた。

『おまえはストーカーか』

ひどいなと笑った。

「でもこれ以上は近づかないから安心して。飴屋さんの隣は俺の場所じゃないから」

飴屋の隣はのばらと論の場所だ。そこには割って入らない。

「まあ俺はちょっと離れたとこにいるから、しんどくなったらいつでも声かけて」

飴屋は黙ってこちらを見ている。

答えづらいだろうから、代わりに手を振った。

すると飴屋もそろそろと手を上げた。

頼りなく振り返される手を見て、言葉にできない気持ちが湧き上がった。

「ありがとう」

『礼言うのはこっちだろう』

「俺だよ」

たかが手を振ってもらえたことがこんなに嬉しい。

姿は見えるけど手は届かない距離から、こっちだよ、俺だよ、と言い合った。

なかなか暮れない夏の夕空に、ピアスみたいに小さな月が引っかかっている。

ファミリー・アフェア

十二月に入って、すっかり日暮れが早くなった。

仕事帰りに軽トラを道場の駐車場に入れ、飴屋《あめや》は裏の成田《なりた》家を訪ねた。古い日本家屋の引き戸を開けると、奥からテレビの音と論《ろん》のはしゃぐ声が聞こえた。

「すいませーん、飴屋です」

声を張ると、おとうさんだーと声がして論が廊下に飛び出してくる。

「おかえりなさい、お仕事おつかれさまー」

飛びついてくる論を抱き上げた。

「おとうさん、今日のご飯ロールキャベツだった。こーんな大きかった」

論が両手を広げる。そんなでかくねえだろうと笑っていると、成田と成田の祖父も玄関に出てきた。おつかれさまと声をかけられる。

「いつも悪い。今日、こいつどうだった」

「いつも通り元気だったたよ。正拳突きで障子に穴開けたくらい」

「……おまえ」

にらみつけると、成田の祖父が「張り替えようと思っていたからええ」と言い、すかさず論が「俺も手伝うね」と言う。そうかそうかと成田の祖父が目を細める。

「爺馬鹿でごめん」

小声で成田が謝り、飴屋は苦笑いを返した。

論は成田家に出入りするようになってからわがままになった。以前はもっとしっかりしていたと思うが、逆にいうと今のほうが年相応に子供らしいということで、それは悪いことではなかった。誰の援助も受けずに自分たちだけでやっていくのだという親側のエゴを、知らず知らずのうちに論に押しつけていたのかもしれないと、のばらと反省した。論は成田家にきて、多くの子供が享受するジジババ世代の愛情に初めてふれたのだ。実の祖父母にまったくかわいがられずにきたことを思うと、本当にありがたいことだった。

「飴屋くん、これを」

成田の祖父が台所から紙袋を持ってきてくれる。中身はロールキャベツのタッパーだ。

「いつもすんません。俺のことまで気にしてもらって」

「いやいや、煮物はたくさん作ったほうがうまいからの」

ありがたく受け取り、飴屋は成田に向き合った。

「今日どうする？」

「飴屋さん、疲れてない？」

「全然」

「なら、ちょっと行こうかな」

言うが早いか、成田はたたきをおりてスニーカーに足を突っ込んだ。

「祖父ちゃん、ちょっと飴屋さんち行ってくるよ」

「ああ。みりんが切れとるから、帰りに買ってきてくれ」

オッケーと答える成田の隣で、「おじいちゃん、おやすみなさい」と論が手を振る。成田の祖父はでれっと目を細め「おやすみ、あったかくして寝るんじゃぞ」と手を振り返す。飴屋が小さく会釈をすると、慌てて表情を引きしめていたのがおかしかった。

駐車場まで行く途中に論を成田に渡し、飴屋は軽トラの運転席へ乗り込んだ。成田は論を抱き上げたまま助手席に座る。すっかり手順ができあがっている。

——俺ら、今までどおりでいない？

成田にそう言われたのは夏の盛りで、今はもう冬。あと一ヶ月足らずでクリスマスと正月がやってくる。あのときの言葉どおり、自分たちは友人づきあいを続け、成田の祖父と論の交流はますます盛んになり、そこにのばらが料理教室の名目で加わった。

成田の祖父からすればのばらも孫のようなもので、今ではのばらの学校の日と論の稽古日《けいこび》を合わせ、論は稽古のあとは成田家で夕飯を食べさせてもらうようになった。そこまで甘えるのはどうかと思ったが、爺孝行だと思ってくれと成田から拝まれてしまった。

成田の祖父、論、のばら、という三人の関係は非常に友好的に発展している。それはいい。なにも悪くない。しかし自分と成田となると微妙に不都合が出てくる。今日だって、論を引き取ってさっさと帰ればよかったのだ。とはいえここまで世話になっておいて、ほなサイナラはあんまりだろうとか色々考えてしまう。

結果、成田は週に一度くらいの頻度で飴屋の家に遊びにくる。たいていは論がいるので、おかしな雰囲気になることはないけれど——。

帰宅すると、飴屋はまず風呂に湯を張る。埃《ほこり》だらけの現場で一日中働き、汚れた作業着を洗濯機に放り込み、裸になった流れで風呂に入る。論がいるときは論と入る。

「おとうさーん、今日、先生からこれもらった」

脱衣所で上着を脱いでいると、論がバスタオルと一緒に黄色い洗面器を持ってきた。中にはアニメのキャラクターの形をしたボトルが三本入っている。

「これ、シャンプーとリンスとボディソープ入れ」

「風呂セットか」

物を与えられるのは困るなと思っていると、脱衣所に成田が顔を出した。

「勝手なことしてごめん。それ、うちの道場生さんが孫に買ったんだけど、孫はもう同じの持ってて、よかったらチビたちにあげてって言われたんだよ。けど一個しかないから喧嘩《けんか》になるだろう。だから誰にも言うなよって口止めして論にやったんだ」

なるほど。そういう事情ならありがたくもらっておこう。

「ありがとうな。論、大事に使えよ」

うんと論は大きくうなずき、早く使いたいのかポイポイと服を脱ぎ散らし、黄色い洗面器とボトルセットを抱えて風呂に入っていった。まだ湯がたまっていないのに。

「こらー、風邪ひくだろうがよ」

飴屋も急いで服を脱ぐと、成田はさっと目をそらして脱衣所を出ていった。別に身体を見られるくらいでどうこう思ったりしないのに、成田は律儀な男だ。

湯船であたたまってからにしろと言うのに、論はアニメのボトルに必死でシャンプーを移し替えている。しかたないので飴屋は半分しかたまっていない湯船に浸かり、論が冷えないように肩からシャワーで湯をかけ続けている。

「おとうさん、シャンプーうまく入らない。こぼれちゃう」

「手え動かすからこぼれんだよ。上のボトルを下のボトルの口にちょっとくっつけろ」

「あ、ほんとだ。チュウさせたら動かなくなった」

「そうそう、チュウな」

「おとうさんは、おかあさんとどれくらいチュウする？」

「ああ？」

「俺、こないだ同じクラスのカゴメちゃんとチュウしたよ。カゴメちゃん、俺のこと好きなんだって。つきあってって言われたからいいよって言ったら、じゃあチュウねって」

「つきあって即チュウって展開はえーな」

「そういうものなんだよ。おとうさん真面目なんだね」

「…………」

一生懸命アニメのボトルにシャンプーを移し替えている論を見つめ、飴屋は最近の子供のマセ度に脅威を感じつつ、大人である自分のふがいなさをかみしめた。

成田には言っていないが、先週、飴屋は久しぶりに小暮町《こぐれちょう》のバーに顔を出した。最後に顔を出したのは夏がくる前で、一体どうしてたのよとマスターに驚かれた。飴屋はもう何年も通っている息の長い常連で、半年も空けるのは初めてだ。さすがのあんたも前の騒ぎに懲りたのねと笑ったあと、マスターは意外なことを言った。

「あのあと、しばらくあんたのことさがしてた男の子がいたわよ。覚えてない？　あんたが最後にきた日に個室でいいことしてたイケメン細マッチョ」

「ああ、あれな」

その細マッチョこそが、しばらく顔を見せなかった理由だと心の中でつぶやいた。

「そいつ、そんなにきてたのか？」

「そうねえ、週二で顔出してたわよ。飴屋さんきてる？　飴屋さんきてる？　って。あれだけのイケメンでしょう。他のネコ連中が色目送ってたけど完全スルーだったわ」

「へえ……」

複雑な喜びが湧いた。裏も表もなんて誠実な男だろう。

「でも夏前くらいからプッツリこなくなったわね。よかったわ。あんなイケメンがあんたみたいなクソビッチに引っかかるなんて、そんな無情なことがあっていいはずないじゃない」

「クソって言うな」

「じゃ、うんこビッチ」

「もっとひどくなったぞ」

「あんたなんかうんこで充分よ。このうんこ、ちょっとは男回しなさいよ」

「結局ソレかよ」

「ソレ以上に大事なことがある？」

うーんと考えていると、まあまあいい感じの男が入ってきた。いらっしゃいと色っぽく声をかけるマスターをスルーで、男の目は一瞬で飴屋に貼りついた。目を合わせたまま、男がこちらにやってくる。隣に座っていいかと問われたのでうなずくと、カウンターの中でマスターが舌打ちをし、世の中うんこだわ……とつぶやいた。

男は悪くなかった。なのにその夜、成田の顔がちらついてできなかった。ホテルまで行きながら、ださいことこの上ない。幸い気のいい男だったので、そういうときもあるよとキスだけをして別れた。

あの男には本当に悪いことをした。こんなことになったのも、成田が自分をさがしにバーに通っていたなんて余計な情報を仕入れてしまったせいだ。帰り道、発散しようと思っていたストレスは倍にふくらみ、いよいよ追い込まれてきたなと焦りに駆られた。

今の暮らしは自分で決めたことなので納得している。

それでも、たまに疲れることもある。

筋金入りのゲイが女と結婚して、子育てまでしている。のばらを恋や愛の対象にはできないし、論は自分の子供じゃない。けれど家族としての情がある。一年のうち三百五十五日くらいまではそれでいけるが、残り幾日か、どうにもしんどくなってしまうときがある。わけもなくむしゃくしゃしたり、スピード違反をしたくなったり、やめたはずの煙草を吸いたくなったりする。くだらないことだ。二十五歳にもなって馬鹿じゃないかと思う。

けれど、どうしようもなくそうなってしまう。

最初はそういう自分が許せなかった。そんな半端な覚悟でのばらや論を守ると言ったのかと、自分にがっかりした。がっかりしながら日増しにむしゃくしゃはふくらんで、半ばやけっぱちで小暮町に飲みにいった。

声をかけてくる男は山ほどいて、酔いも手伝って、その中のひとりとホテルに行った。笑った顔が拓人《たくと》に似ていた。たったそれだけの理由だった。最低な自分にあきれたけれど、夜明け前に男の腕の中で目が覚めたとき、むしゃくしゃした気分は綺麗《きれい》さっぱり消えていた。まるで狐につままれたような気分だった。

久々にさっぱりした気分で見た男の寝顔は拓人には全然似ていなくて、飴屋は苦笑いを浮かべ、枕元にホテル代を置いて先にホテルを出た。夜明けの街をぶらぶら駅まで歩きながら、今日も一発働くかーと伸びをした。本当にすかっとした。

自分は、単に疲れていただけだった。

性的な快感以前に、髪を梳《す》かれたり、ただ抱きしめられているだけで安らいだ。滑らかに動くよう機械に油をさすように、人にも『油』が必要なようだった。

夜中のコンビニで、鬼気迫る表情で棚のスイーツを選んでいる女を見たことがある。女は仕事帰りみたいな地味なスーツを着ていた。夜中の二時すぎ、目の下にクマを作った女が大量のスイーツをかごに入れている。疲れきっている後ろ姿に向かって、飴屋はエールを送った。

――おつかれさん、ぽっきりいっちまう前に早く食え。

あの女のスイーツみたいに、いっそ男もコンビニで売っていてくれれば楽ちんなのに。コンビニスイーツ三百円。本物には程遠い。でもしばらくは乗り切れる。

――あたしのことは気にしないで、どんどん浮気してくれていいから。

何度目かの朝帰りをした日、こそこそと家に帰ったらのばらが起きて待っていて、ぎょっとする飴屋にそう告げた。そうですか、では遠慮なくというわけにもいかず平謝りに謝ったが、本当にいいのとのばらは言った。そもそも自分たちは普通の夫婦ではないのだから浮気ですらないと言う。まあそれはそうなのだが、続く言葉にひやりとさせられた。

――それでもダメだと思ったら言って。あたしはいつでも籍を抜くから。

――これ以上、朋《とも》さんの人生食いつぶすわけにはいかないし。

のばらはなにかあるとすぐそんなふうに言うけれど、そうならないためにコンビニスイーツでしのいでいるのだ。

八年前、自分は拓人と約束した。あの日、拓人はガラにもなく途方に暮れたようにうつむいていて、あんな頼りない拓人は初めてで、だから飴屋は拓人の肩を抱き寄せて言った。

――おまえに呼ばれたら、なにを捨てても駆けつける。俺が助けてやる。

拓人が好きで、好きで、拓人とかわした約束を長い間力いっぱいにぎりしめすぎて、いつの間にかすっかり拳は固まってしまった。今さら開くわけにはいかない。自分の手の中には、拓人が惚《ほ》れた女と拓人の血を引く子供がいる。

「おとうさん、やめてよー」

我に返って見ると、論は頭からびちゃびちゃだった。

「頭にお湯かけるのやめてよー。目え見えないじゃん」

「ああ、わりいわりい」

考えごとをしていて、いつの間にかシャワーをぶっかけていた。ボトルの詰め替えは終わったようだが、床が泡立っているのを見ると大量にこぼしたようだ。

小さな子供と風呂に入ると、自分のことは後回しになる。風邪をひかないようすぐに全身をふいてパジャマを着せねばいけない。のばらと暮らしていたときは分担できたが、別居してからはひとりだ。今年の冬は片親の大変さが身に沁《し》みる。

しかし今夜は大丈夫だった。論がバスタオルを頭からかぶったオバケスタイルで脱衣所を飛び出していっても、そこには成田が待ち構えてくれている。

「論、ふけないからちゃんとバンザイしろ」

「はーい、バンザーイ」

脱衣所のドア越しにふたりの声が聞こえてくる。成田は子供の扱いがうまい。安心して風呂を使ったあと、パジャマ代わりのスウェットで居間に戻ると夕飯が用意されていた。晩酌用に冷えたビールと伏せたグラスまでついている。正直、のばらより嫁レベルが高い。

「飴屋さん、こっちはいいから飯食っちゃって」

そう声をかけてくれる成田は、膝《ひざ》に論を座らせてドライヤーで髪を乾かしている。

「今日は祖母ちゃんの料理帖見ながら、俺も豚の角煮作ったんだよ。結構うまくいったと思うんだけど、どうかな。冷めないうちに食ってみて」

「おう、サンキュウ」

こってりした飴色の角煮は、口に入れると二、三口でとろけてなくなってしまった。なんだこのやわらかさ。作り方はさっぱりわからんが、やばい。うますぎる。

「どう？」

「めちゃくちゃうめー」

よっしゃと成田がガッツポーズを作る。

「先に飲むかと思っておかずだけ出したけど、飯いくなら言って。よそうから」

そう言い、成田は論の髪をばさばさ梳きながら温風を当ててやっている。論はすっかり身をあずけて気持ちよさそうにグルーミングされている。

成田は尽くす男だと自分で言っていたが、まさかこれほどとは思わなかった。かなりなイケメンの割に今まで恋愛でいい目に遭っていないようだが、なんとなくわかる。恋愛は顔の造作に関係なく、惚れたが負けという単純なパワーゲームだ。

成田のように自分から惚れて尽くすタイプは、さぞかし世のビッチどもからいいように使われてきたのだろう。同情に堪えない。しかし今の状況だけを見れば、自分だって成田を利用しているも同然だと、トロトロの角煮をつまみにビールを飲んでいる自分を恥じた。

成田は自分に惚れていると宣言したが、最初のやる気満々だった行為以外、キスもしていない清い仲だ。飴屋が抱える事情を知った上で、今の成田は好意だけをくれる。

——俺ら、今までどおりでいない？

いくらそう言われたとはいえ、雪だるま式に日々申し訳なさはふくらんでいく。今だって遊びにきているとは名ばかりで、自分たちの世話を焼かせてばかりだ。たとえばだが、一発やら

せてやれば気持ち的には楽になるんだろうかと考えてみるけれど——。

晩酌をしつつ、三人で子供向けアニメを見たあとは論の宿題をみてやった。成田がデザートのリンゴをむき、ウサギのそれを食べたら論は眠ってしまった。そしてようやく大人タイムに入るのだが、特に色っぽい雰囲気にはならない。

九時からの洋画で『スパイダーマン』を見ながら、これ百回見たわとか、いつも同じようなのやってるよなとか、どうでもいいことをビールを飲みながら話した。しかし蜘蛛《くも》の糸で移動するシーンはやっぱり興奮するし、百回見てもおもしろいという結論に達した。

十一時をすぎると、そろそろ帰るよと成田が腰を上げる。成田は十二時前には必ず帰る。翌日が休日でもそうだし、どれだけ論にねだられても絶対泊まらないので、成田なりに規制ラインを敷いていることが透けて見える。

いつもは玄関先でバイバイだが、今夜は外まで見送った。わざわざいいのにと言いながら嬉しそうな成田に、ああそうだと飴屋は思い出したふりでポケットに手を入れ、無造作に折りたたんだメモを渡した。さっき成田が皿を洗ってくれている間にこっそり書いたものだ。

「これ、やるよ」

成田が受け取ったメモを開け、眉をひそめた。

「なに、『ラブホ券』って」

「そのまんま、俺とラブホに行ける券だ。やりたくなったらそれを使え」

成田はますます難しい顔でメモを見つめる。

「これ使ったら、俺と飴屋さんのつきあいはどうなるの？」

「終わる」

「じゃあいらない」

瞬時に突き返された。まあここまでは予想通りだった。

「そういやおまえ、俺と初めて会ったあと、小暮町のバーに顔出してたんだってな」

突き返されたラブホ券をポケットにしまいながら言った。

「ああ、うん、結構通って……ってなんで知ってんの。小暮町行ったの？」

「行ったけど？」

それがなにか――と悪びれずに問い返した。

「…………」

沈黙と共に、成田の顔がどんどんこわばっていく。なぜ小暮町になど行ったのか。そこで色っぽいことがあったのか。猛烈に聞きたい。でも聞けない。理性と感情がフルコンタクトで格闘しているのか、すごい苦悶《くもん》の表情になっている。怖い。

「……そうか」

たっぷり三十秒ほど内的闘争を繰り広げたあと、成田は静かにうなずいた。

「うん、そういうときもあると思う。いや、あってしかるべきだ」

自分に言い聞かせるように何度もうなずき、

「じゃあ、おやすみ」

と背中を向けられ、えっと焦った。

——ちょっと待て。

思わず去っていく背中を引きとめそうになった。ちょっと待てよ。せめて不満そうな顔をしてくれ。他の男とやったのかと聞いてくれ。そうしたらやったと答える予定だった。やってないけど、やったと言うつもりだった。そうしてこう続けようと思っていた。

『家族ぐるみのつきあいになっちまったおまえとは、この先も恋愛関係になることはない。でも俺はこれからもちょくちょく男をつまみ食いにいく。おまえはそれを指をくわえて見てるだけだ。そんな生殺しみたいな状態に耐えられるのか。意地を張らずにさっさとラブホ券を使って据え膳を食って清々しく次の男に行け。誰もおまえを責めない』

そこまで言ったら、さすがに目が覚めるだろうと思った。

なのに、なぜなにも聞かない。

これでは、自分が単に意地悪をしただけではないか。

夜の中、遠ざかっていく成田の後ろ姿は、しょんぼりと尻尾《しっぽ》をたれて去っていく犬のようで激烈に胸が痛んだ。やめてくれ。ただでさえ申し訳なさにさいなまれているのに、これ以上自分を落ち込ませないでくれ。飴屋は頭をかきむしりたくなった。

成田が不細工な腹の出たオヤジだったらよかった。そうしたら、そもそも最初の夜に視界にすら入らなかったのだ。無情だが見た目は大事だ。ドストライクな外見で、中身も一途で情もある。そんな男から尽くされて、ほだされるなと言うほうが無理だろう。

正直、気持ちはどんどん成田にかたむいていくし、借りばかり増えていくし、他の男と寝てガス抜きすることもできない。このままじゃいつかはじけてしまいそうだ。けれどのばらの旦那役、論の父親役、自分はまだまだリタイヤするわけにはいかない。

「……なあ、俺はどーすりゃいいんだ」

澄んだ冬の夜空を見上げて、久しぶりに拓人に問いかけてみた。

拓人とは中学のころからの親友で、地元で一番のヤンキーエリート校、つまり地元で一番アホが集まる高校にふたりで進学した。自分たちは絶望的に勉強ができなかった。

チームを作った覚えなどなかったが、中学のころからの仲間や後輩と遊んでいるうち、いつの間にか地元最大チームと言われるようになっていた。そろそろチーム名をつけたほうがいいんじゃないかと仲間に言われて、なんだか面倒なことになってるなと気づいたくらいだ。もちろんチーム名なんてクソださいものはつけなかったので、周りからは『森山くんとこ』、『餡屋くんとこ』と呼ばれていた。

気楽に楽しく毎日すごせればいい自分と違い、拓人は筋の通ったヤンキーだった。仲間や後輩の悩みには親身に相談にのってやっていたし、面倒見のいい拓人の周りにはいつも人が集まり、そのぶんトラブルを持ち込まれることも多かった。

高校に入学してしばらくしたとき、仲間のひとりが他の高校の連中と女を取った取られたで揉《も》め、このままじゃ女が一番危ないから仲介に入ってくれと泣きつかれ、拓人と飴屋が話をしにいったことがある。自分たちの仲間が横恋慕をした恰好なので、最初、拓人は下手に出て話をしていたのだが、「女さらうぞ」とすごまれた瞬間にぶちギレた。

拓人はいまどき珍しい古風な男で、女は弱いから男が守ってやんなきゃいけないという考えの持ち主だった。もとより弱い者いじめが大嫌いな男だ。自分から喧嘩を売るような真似はしないが、一度キレたらめちゃくちゃで、しかも鬼のように強かった。

いきなり飛んできた強烈な拓人の拳に、すごんだ相手は一発で気絶した。しかし十人以上いる相手にこっちはふたりだ。少しは考えてキレろよと飴屋はぼやきながら、いきなりのことでぽかんとしている相手側の一番強そうなやつを蹴《け》りで吹っ飛ばした。

喧嘩は最初が肝心だ。人数で不利ならまずはリーダー格をぶちのめすのが早い。一瞬でもビビらせたら勝ちだ。ふたりでボッコボコにしていく。拓人と組んだ喧嘩で負けはなく、その日も圧勝で帰ってきたふたりの噂《うわさ》は瞬く間に地元に広がった。

硬派の拓人と、チャラい見た目に反してやるときはやる飴屋。ふたりは最強のニコイチで、口には出さずとも自分の背中をあずけられるのはこいつしかいないと思っていた。

けれど飴屋の中には、もうひとつ、けっして口には出せない想いがあった。

小学校のころから飴屋はなんとなく、ませた意味で女子より男子が好きな自分に疑問を感じていた。中学で拓人に出会い、飴屋は強烈に自分の属性を自覚させられた。中身も外見も男らしく優しく、こんなに恰好いい男はいないと初めての恋に落ちてしまった。

軽い雰囲気で女からキャアキャア群がられる飴屋とは反対に、ぶっきらぼうでほとんど女と話をしない拓人は密かに、しかし熱烈に想われる対象だった。誰に告白されたとか口にすることはなかったけれど、かなりの数の女子が拓人に本気の告白をし、玉砕した。

——女と話すの苦手だし、なんかめんどくせえ。

——朋といるときが一番楽しいし。

拓人からそんな言葉を聞くたび、飴屋はなに言ってんだよと笑いながら、舞い上がるほど嬉しかった。いつかは女にかっさらわれるんだろうと覚悟していたが、もうしばらくこいつは自分のものだ。そういう状態が高二をすぎても続くと、淡い期待が生まれるようになった。

——拓人も『こっち』なんじゃねえか？

自分と拓人は両想いで、お互い友達だから言い出せないだけだったりして……と女が読む漫画みたいなことを考えていた。けれどそんな都合のいいことはなかった。

「女ってすげえな」

授業をサボって、ふたりでコンビニ前でアイスを食べていたときだ。

「頭が痛い、もうすぐ雨が降るっていきなり言うんだぞ」

「はあ？」

「意味わかんねえだろ。でも頭が痛くなったら雨が降るんだって。こいつやべえ系なのかなって思ってたらほんとに雨降ってきて、ビビってるとホルモンのせいだって言われた」

「焼肉？」

「と思うよな。そしたら、馬鹿じゃないのってにらまれた」

一個下のくせに生意気な女だ、ムカついたとしきりに繰り返す拓人に、だっておまえ馬鹿じゃんと飴屋は言い、おまえも同レベルだろと言い返され、ばーかばーかとくだらない言い合いになり、最後はふたりで大笑いし、けれど飴屋は本当は泣きそうだった。

中学一年の出会いから、丸々五年続いた初恋が砕けた瞬間だった。ホルモンの意味はさっぱりわからなかったが、拓人はその女に惚れてしまったのだ。その女も拓人を好きなのだ。馬鹿じゃないのってにらみながら、でもそんなとこが好きと目で伝えられたのだ。

近いうち、拓人はその女とつきあうことになるだろう。

自分はその女を紹介されるだろう。

泣きたいのをこらえて笑わねばいけない場面を想像して、すでに泣きたくなった。手の中でとけていくアイスをアスファルトに叩《たた》きつけて、足でぐちゃぐちゃに踏み潰《つぶ》してやりたい気分だった。甘いアイスは拓人をかっさらっていった女だった。

その夜、飴屋は高校を卒業してから県外に引っ越していった先輩に電話をかけた。はっきり口にされたことはなかったけれど、その先輩が自分と同類で、自分に惚れていたことを知っていた。知っていて気づかないふりをし続けて、ただの後輩の顔で別れたのだった。

拓人に女ができそうだと言うと、それだけで察してくれた先輩は車で迎えにきてくれた。自分は余計なことは言わなかったし、向こうも聞いてこなくて、とっ散らかった気持ちのまま先輩と寝た。初体験だった。一週間ほど先輩のアパートに雲隠れし続け、実家にだけ友達の家にいるからと連絡をして、あとは誰からの電話にも出ずに先輩とやりまくった。

八日目の朝、唐突にスカッとした。帰ると言うと、やりすぎて目の下にクマを作った先輩は悲しそうな顔をした。先輩は自分につきあって仕事をサボり昨日クビになっていた。

「なんかあったら電話してこいよ。すぐ行くから」

家の前まで送ってもらって、サンキュウですと答えて手を振って別れた。もう電話はしなかったけれど、そのあともふとしたときに思い出す人となった。

八日ぶりに家に帰り、山ほど入っている友人からのメッセージを読んでいき、まずは『一時間以内に連絡しろ』と二日前から一時間ごとに入れ続けている拓人に連絡をした。拓人はすぐに家にきて、飴屋の胸倉をつかんだ。よそのチームにさらわれたのか、死ぬほど心配していたそうだ。あんまり怒るものだから、ためしに聞いてみた。

「ほんとにさらわれてて、殺されてたらどうしてた？」

「やったやつ、全員地獄に叩き込む」

拓人の目は真剣で、こいつは本当にやるなと思ったらひどく嬉しくなって、なんだか色々吹っ切れた。こえーよと笑うと、笑うなと怒鳴られた。

「サンキュウ拓人、めちゃくちゃ愛してんぞ」

笑って拓人の肩に頭をもたせかけた。

冗談にまぎらせた、あれが最初で最後の拓人への愛の告白だった。

それからしばらくして、拓人からのばらを紹介された。

「あー、なんつうか、これ、あれだよ。ほら、あれ」

恥ずかしくて彼女と言えず、拓人はひたすら「あれ」を連発していた。

「はじめまして。朋さんの話、拓人からたくさん聞いてます」

ひとつ年下ののばらは、気は強いがなかなかできた女だった。リーダーの彼女として思い上がった振る舞いはせず、いつも一歩下がって拓人を立てていた。自分が恥ずかしいことをすれば拓人の値打ちが下がるからと言うのばらに、飴屋は素直に感心した。

そのぶん、飴屋と三人で遊んでいるときののばらは開けっぴろげで楽しそうだった。

三人で海へ行ったとき、拓人と飴屋がどっちが遠くまで泳げるか競争し、置き去りにされたのばらは盛大にむくれ、拓人は焦ってご機嫌を取っていた。波間に揺れながらキスをかわすふたりを見ないよう、飴屋はぷかぷか浮きながら水平線を眺めた。

――くっそ、せつねーわ。

跳ねた海水が口元を濡《ぬ》らし、ひどくしょっぱかったのを覚えている。

ちょっと話があるんだけど、と拓人に呼び出されたのは三年に上がってしばらくしたころだった。なに改まってんだよと言いつつ、ふたりでいつもの校舎裏へ行った。

「俺とのばら、兄妹らしい」

拓人がなにを言っているのか意味がわからず、「は？」と首をかしげた。

「うちの親、俺がちっさいころに離婚してんだよ。俺は親父に引き取られて、のばらはそんころまだ母親の腹ん中だったらしい。俺ら、そんなこと全然知らなくてさ」

のばらは男癖の悪い母親を嫌っていて、会うときはいつも拓人の家が多かったのだが、先日たまたま家までのばらを迎えにいき、拓人はのばらの母親と鉢合わせした。挨拶《あいさつ》をして名前を名乗ると、のばらの母親の様子が急におかしくなり、事実が発覚した。

淡々と話す拓人の横顔に冗談の気配はなく、飴屋はごくりと唾《つば》を飲み込んだ。打ち明けられた事実の重さに身動きが取れず、なにも言ってやることができない。

「今すぐ別れろって言われた」

そりゃそうだろうと思ったが、拓人の気持ちを考えれば言えなかった。けれど別れるなとも言えない。なにも言えないまま沈黙が横たわる。アホな自分が情けなかった。

「俺、高校辞めるわ」

　飴屋は思わず隣を見た。

「辞めてどうすんだよ」

「のばら連れて、この街出てく。誰も俺らを知らないとこでふたりで生きてく」

「はあっ？」

　間抜けな声が出た。

「待てよ。もう少し落ち着いて考えて――」

「のばら、妊娠してんだ」

　言おうとしていた言葉が喉奥で凍りついた。昼休みの終わりを知らせるチャイムが鳴る。生徒たちが教室に戻り、さっきまでのざわめきがどこかに吸い込まれていく。静かな校舎裏にしゃがみこみ、拓人は途方に暮れたようにうつむいていた。

「なあ、朋」

「うん？」

「俺、間違ってんだよな？」

　拓人がゆっくりこちらを見る。

　泣くのを我慢しているような顔。こんな拓人を見たのは初めてだった。

　間違いかどうかなら、思いっきり間違っているんだろう。わかっていても、ふたりはそうし

たいんだろう。後悔するかもしれないぞと喉まで出かかった。でもそれもふたりはわかってい
て、それでも、そうしたいんだろう。
「俺、のばらとガキ、守っていけんのかな」
世界中から見捨てられたような横顔。そんな顔は拓人には似合わない。拓人は自分がただひ
とり惚れた男だ。飴屋は拓人の肩をおおげさに抱き寄せた。
「なんとかなるって」
力強く言った。
「やってけそうになかったら俺を呼べ」
もっと力強く言った。
「おまえに呼ばれたら、なにを捨てても駆けつける。俺が助けてやる周り全部敵でも、俺は拓
人の味方だ。今まで俺ら、ずっとそうだったじゃん」
拓人はずっとうつむいていた。多分、泣いていたのだと思う。
飴屋は気づかないふりで、抜けるように青い空を見上げていた。
それからしばらくして、拓人は仲間を集め、高校を辞めて地元を離れることを告げた。みん
なが驚いて理由を聞いたが、拓人はただ謝り続け、飴屋は拓人の斜め後ろで拓人の背中を見守
った。これから先、拓人の隣にいるのはのばらだけれど、自分はずっとふたりを守ろうと決め
ていた。なにがあっても、自分だけはふたりを祝福するのだ。

拓人が死んだのは、その夜のことだった。

家に帰る途中のバイク事故だった。

知らせを受けてから葬式まで、飴屋はぼんやりとすごした。拓人が死んだなんて信じられなかった。なにも見えない灰色一色の世界で、ぽつんと立ち尽くしている気分だった。

葬式には仲間が山ほどきていて、もちろんのばらの姿もあった。中年の女性が隣にいる。顔が似ているので母親だろう。つまり拓人の母親でもある。ふたりは身内席ではなく、一般で参列していた。のばらは泣いていなかった。無表情にじっと腹に手を当てていた。

葬式が終わっても、飴屋の中ではなんの区切りにもならなかった。仲間がすがるような目を向けてくる。けれど、どうしたらいいのかわからないのは飴屋も同じなのだ。

喪服のまま、のばらの家に向かった。葬式の間、一度も泣かずに腹に手を当てていた姿が気になっていた。ずいぶん痩《や》せたように見えたが、ちゃんと食っているんだろうか。のばらの家の前まできたとき、いきなり玄関が開いてのばらが飛び出してきた。

「待ちなさい」

母親も出てきて、のばらの長い髪をつかんだ。ふたりとも喪服のままだった。

「絶対に病院なんか行かない！　あたし死んでも産む！」

のばらが強引に頭を振って逃げる。しかし母親がのばらの喪服をつかみ、転びそうになったのを飴屋が咄嗟《とっさ》に受け止めた。そのときののばらの顔は一生忘れられない。

「朋さん、助けて！」

たった一本の細い糸にすがりつくように、のばらは悲鳴じみた声を上げた。

——おまえに呼ばれたら、なにを捨てても駆けつける。俺が助けてやる。

拓人の子供を宿しているのばらの「助けて」は、拓人の頼みと一緒だった。それを拒むことは死んでもできない。反射的にのばらを抱きしめて、すごい形相の母親と向き合った。

「俺が父親になる」

そのあとは大変だった。のばらの母親と拓人の父親から飴屋の両親に話がいき、そんなとんでもない事情の子供を自分の籍に入れて育てるなんて正気かと父親から殴られ、母親には泣かれ、飴屋は勘当された。覚悟はしていたがきつかった。

仲間への報告はもっとつらかった。のばらと結婚すると告げたとき、冗談だと思って笑い出すやつがいた。けれどのばらが妊娠していることがわかると空気が一変した。

拓人の子供ではないのかと問われたが、飴屋は自分の子供だと言い張った。この先、万が一にでも拓人とのばらが兄妹だったことが誰かの耳に入ったときのため、生まれてくる子供を拓人の子供だと言うことはできなかった。この秘密は墓場まで持っていく。

けれど拓人が死んだのはついこの間で、のばらが妊娠しているのなら、ふたりは拓人が生きているときからつきあっていたのか、ふたりして拓人を裏切っていたのか、もしかしてそのせいで拓人は地元を離れると言ったのか、嘘《うそ》だろうと詰め寄られたが飴屋は沈黙を貫いた。

「……拓人くん、自殺じゃねえだろうな」

誰かがそんなことをつぶやき、そのときだけ飴屋は言い返した。

「拓人はそんなことする男じゃねえ！」

声を荒らげたと同時、おまえが言うなと怒鳴り返された。タガが外れたみんなから殴られたが、それでもひとり一発ずつだった。拓人はどんな喧嘩でも一対多人数は許さなかった。こんなときでも全員それを守っているのだと思うと、どんな痛みもこらえられた。

けれどひとりだけ、拓人と飴屋のふたりを神さまのように崇めていた滝井《たきい》という後輩がナイフを取り出したときは焦った。滝井はボコボコにされて動けない飴屋の額にナイフでバツの印をつけた。さすがにやりすぎだと仲間が止めに入ったが、羽交い絞めにされながらも「裏切り者！」「おまえが死ねばよかったんだ！」と喚《わめ》いていた。

たまり場になっていた廃倉庫に大の字でくたばっていると足音が近づいてきた。のばらが飴屋の横にしゃがみこみ、細い指先がおそるおそる血だらけの顔にふれる。

「……朋さん」

なんとか目を開けたが、瞼《まぶた》が腫《は》れていて視界が窮屈だった。

「よかった、生きてる」

「……勝手に殺すんじゃねえよ」

「だって、すごい血」

　のばらは喉奥からぐうっと引きつるような涙声をもらした。

「……朋さん、やっぱりやめよう。こんなのダメだよ。朋さんはなんにも悪くないのに、最低なんて言われる人じゃないのに、みんなに誤解されっぱなしで、このままじゃ朋さんの人生、あたしと拓人のせいでめちゃくちゃになっちゃうよ……」

　気の強いのばらが、顔をくしゃくしゃにして泣いている。

「馬鹿野郎、俺をなめんなよ」

　腹に力を込めてしっかりした声を出す。それだけで全身が軋《きし》んだ。

「俺は拓人と約束したんだ。拓人に呼ばれたら、なにを捨てても駆けつけるって。俺が助けてやるって。これは俺と拓人の約束だ、おまえはなんも気にすることねえ」

　そうだ。これは自分と拓人だけの聖域で、たとえのばらにだってふれさせない。

「……朋さん、拓人のこと好きだったよね」

　目だけをのばらに向けた。

「ごめん。あたし、朋さんの気持ちに気づいてた。あたし拓人のことめっちゃ好きだった。他の女には絶対負けない。でも朋さんだけは、あたしと同じ強さで拓人のこと見てた」

「……まじかよ」

　気づかれていたという事実に、切られた額より恥ずかしさで顔が熱くなる。

「……ごめん、朋さん、ごめんね」

のばらは涙をぼろぼろこぼし、ごめん、ごめんと、涙と一緒に鼻水もだらだら垂らしながら謝っていた。せっかくの美人が台無しだ。でもぐちゃぐちゃの汚い顔をかくす余裕もないのばらを自分が守ってやろうと、そのとき初めて腹の底から覚悟が決まった。

——こいつは拓人が惚れた女で、拓人の妹で、だったらもう俺の妹にもしちまおう。

——拓人のぶんまで、俺がのばらと子供を守ってやろう。

目を覚ますと、部屋の中が暗かった。

さらさらと布地をなでるような音で、雨が降っているんだなとわかる。枕元の目覚ましは昼前。よく寝た。飴屋はごろりと布団の中で身体を反転させた。

——えっらい懐かしい夢だったな……。

以前はよく見たけれど、最近はご無沙汰《ぶさた》だった。久しぶりに拓人の笑顔を見たおかげかぐらつき気味だった気持ちが引きしまったように感じた。

十二月に入って二度目の日曜日、のばらと論はクリスマスの買い物に出かけている。自分も論へのプレゼントを考えなくてはいけない。毎年のばらと選んでいたが、別居している今年はそうもいかない。布団の中で考えていると携帯が震えた。

『おはよう。道場生さんから北海道《ほっかいどう》のお菓子もらった。論に持っていっていい?』

成田からのメールだった。引きしめたはずの気持ちが、リボンをほどくようにぱらりとほぐれてしまい、思わず舌打ちが出てしまった。

『論はのばらとクリスマスの買い物に行ってる』

短い返事を送ると、すぐに返ってくる。

『ひとりなら昼飯差し入れしようか？』

少し考えた。二日連続で会うのはどうだろう。しかし昨日、自分は成田にひどい仕打ちをした。そんなつもりはなかったのだが、結果そうなってしまった。詫《わ》びがてらＯＫしようか。だがそれも違う気がする。そもそも自分だって成田とすごす時間を楽しんでいる。

そういう自分に罪悪感を覚える。

のばらや論や拓人に対して後ろめたい。

それは自分も成田を恋愛的な意味で憎からず思っているということで、そう思うと罪悪感はますますふくらむ。ぐるぐる、ぐるぐる。頭が痛くなってくる。拓人のときは本当に単純な片思いで、こういう物思いとは無縁だった。そもそも自分の性にも合わない。なのに成田をわずらわしく感じない。めんどくせえと放り出せたら楽なのに――。

『サンキュウ、待ってる』

飴屋はぐるぐるに挫折《ざせつ》した。

『三十分で行くよ』

と返事がきた。

携帯を持ったまま、飴屋は枕に顔を伏せた。たかが昼飯だ。いいじゃないか。でも昨日も会ったろう。それにほとんどいつも論が一緒で、休日にふたりで会うことは珍しい……。再びぐるぐるにつかまりそうになり、くそっと顔を上げた。

——考えすぎるな。ただの昼飯だ。

とりあえず布団から抜け出し、途端、寒さに震えた。今日はかなり冷え込んでいる。徒歩でくる成田のために、こたつとファンヒーターをつけた。

土地に余裕のある田舎なのが災いし、このあたりは逆に駐車場がない。みんなおおらかに路上駐車をするのだが、成田はしない。成田の道場には子供が多く通っていて、いつもやかましく規則を説いている自分が規則違反をするのはまずいと言う。

成田の裏表のない性格は、周りにも自然と伝わる。道場に子供を通わせているママさんに人気があるのは、けっしてイケメンだからというだけでなく、安心して我が子をあずけられる信頼感がベースにあるのだ。母親は子供がからむとシビアよ、とのばらが言っていた。

身支度をすませ、こたつに入ってごろんと寝転がった。時計を見ても、まだ十分ほどしか経っていない。なんとなく天井を見ていると、雨音が消えていることに気づいた。

窓際までほふく前進して薄手のカーテンをめくると、雨はみぞれに変わっていた。灰色に青が混じったような空気はいかにも冷たそうで、白い息を吐く成田を想像すると落ち着かない気分になった。いそいそと起き上がり、窓際にもたれてみる。

カーテンを少しめくったまま、薄水色のみぞれを眺めていると、緑のフェンス越しに大きな男が歩いてくるのが見えた。慌てて窓際から離れ、こたつに入って丸まった。しばらくするとチャイムが鳴った。誰も見ていないのに、ああ、きたかという鷹揚《おうよう》な感じの演技をしながらこたつから出て玄関に向かった。

「よう」

ドアを開けると、笑顔の成田が立っていた。鼻の頭が赤い。

「さみー？」

「すっげえ寒い。これ絶対雪見だいふく日和だろうと思って買ってきた」

コンビニ袋を渡され、わずかにふれた手は凍りそうに冷たかった。昼食の材料や調理道具はとりあえず台所に置いて、あたたかい居間に行った。

「あー、あったかい」

成田が背中を丸めてこたつに入る。そのままテーブルにぺたりと頬《ほお》をつける。

「なにしてんだよ」

「顔も冷たいから。天板あったかくて最高」

成田は幸せそうに目をつぶっている。こたつごときに幸せにされている男がかわいらしく、雪見だいふくのパックを反対の頬にくっつけてやると、成田はひゃっと目を開けた。やめてよーと怒られ、飴屋は笑った。

「今の言い方、論みてえ」

「論?」

「あいつ、怒るとき語尾を『よー』って伸ばすんだ」

飴屋は雪見だいふくのふたをはがし、ピンにひとつ突き刺した。

「論、クリスマスの買い物だって?」

成田も雪見だいふくを食べながら聞いてくる。

「ツリーの飾り買うんだってよ。あんなのなんだっていいのにな」

「女の人や子供はそういうわけにはいかないんだよ。そんなんだから置いていかれんだよ」

「いいよ。どうせベンチで待ってるだけで退屈だし」

「家族連れでショッピングモールにきてるお父さんって、たいがいそんな感じだね。奥さんが買い物してる間、暇そうにぼうっとしてんの。最後は荷物持ちにされるんだろう?」

まったくその通りだったが、指摘されて気づくことがあった。

「そういや最近、荷物持ちすら拒まれるな」

「のばらさんを怒らせるようなことした?」

「してないと思うけど……」

「けど?」

「あいつ、別居してからやたら自立にこだわってるからな」

「立派だと思うけど、度が過ぎると心配だね」

「そうなんだよ」

「飴屋さんとのばらさん、そもそもなんで別居したんだっけ？」

「……うーん、あいつははっきり言わねえけど」

飴屋は頬杖で顔をしかめた。

「色々事情はあるけど俺とのばらはずっと夫婦として暮らしてたし、妊娠中も論が産まれてからも生活費は俺が稼いでた。俺はそれが普通だと思ってたけど」

のばらはそれを心苦しく思っていたようで、今年、論が小学校に上がるやいなやすぐに飴屋と別居し、それからは飴屋から一切生活費を受け取らなくなった。

「昼は運送屋の仕分けで働いて、夜も駅前の居酒屋で働いて、介護の学校通って、あいつの身体も心配だけど、論だってまだちっせえのに母親といられないなんてかわいそうじゃねえか。俺が近くにいるからいいもんの、予定通り離れて暮らしてたら論は毎晩留守番だ」

「最近は物騒だからね。うちも色々気をつけてるよ。ジュニアでも七時スタートの稽古があるし、終わったら九時だろう。その時間帯は親の迎えを規則づけてる」

「だろう。あいつの気持ちはわかるけど、まだ無理なんだって」

女手ひとつでこの先、論の教育費なども大変になるのは目に見えている。しかも見捨てた娘に金の無心にくる母親までいる。人に借りを作りたくないのばらの性格は拓人にそっくりで愛《いと》おしいが、現実はそれだけではやっていけない。

「けど言いすぎると、あいつも余計意地になるからな」

しかめっ面でアイスを食べていると、成田が物言いたげにこちらを見ているのに気づいた。

「なに？」

「のばらさんもだけど、父親の飴屋さんも大変なのは一緒だろう。十八歳からずっと旦那役とお父さん役やってて、たまにしんどくならないのかなって」

「……そりゃあまあ、人間だししんどいときはあるけど」

それでも、自分が拓人の死を乗り越えられたのは、のばらや論がいてくれたおかげだ。同じ男を愛したという連帯感や、その忘れ形見である論を守れるのは自分しかいない、それが拓人との約束を果たすことになるという気持ちが自分を奮い立たせてくれた。でなければ、拓人が死んだとき自分もやけになっていた気がする。

「今でも森山《もりやま》さんが好きなんだね」

やわらかな断定に、飴屋はなにも答えないでおいた。

——森山さんのことを忘れられない？

以前、成田に問われたときも、自分は答えずに目を逸《そ》らした。

実を言えば、そのあたりは自分でもよくわからない。死んだ男に特別操を立てているわけではなく、拓人以上の男と出会えないまま、ずっと入れ替わらないヒットチャートみたいに気持ちが更新されない。日々のストレスは小暮町で発散し、このままなんとなく日々は続いていくんだろうと思っていたけれど……。

「飴屋さん、アイス」

指さされ、ぽたぽたと雫《しずく》をたらしているアイスを慌てて食べた。間抜けな自分を、成田が目を細めて見ている。愛情駄々もれな様子が気恥ずかしく、ごまかすように「腹へった」と訴えた。

昼飯は鍋焼きうどんだった。家から一人用の土鍋をわざわざ持ってくるという手の込みようで、ふたを開けるとぶわっと湯気が上がる。ぐつぐつ煮込まれたうどんは今日のような寒い日にぴったりで、天ぷらや卵やかまぼこなどの派手な具にテンションが上がった。

「あー、うまかった」

汗をかいたので、こたつから出てパーカを脱いで寝転がった。

「汗が引くと冷えるから、ちゃんと羽織っときなよ」

「いやだ、あちい」

「論と変わんないな」

成田は笑ってテーブルの上を片づけはじめる。手伝わないといけない。でも身体の芯《しん》からぬくもっていて、腹がいっぱいで、強烈な眠気に襲われる。

「寝てていいよ」

脱いだパーカを上にかけられ、飴屋は目をしょぼしょぼさせた。満ち足りた気分に抗えず目を閉じながら、こんなに簡単に幸せにされてはいけないという焦りもあった。

うつらうつら、浅い眠りの中で夢を見た。

『よう、朋』

拓人が笑って手を上げる。ああ、夢だなと夢の中の自分が思っている。

『元気か？』

『昨日、会ったばっかだろ』

拓人は『そうだっけ？』と首をかしげる。自分が見る夢は拓人とリンクしていないらしい。がっかりする飴屋に『元気？』と拓人が再度聞いてくる。

『俺はいつでも絶好調だ』

そう言うと、拓人はにっと笑った。十八歳の拓人だ。

『朋、悪いな。ずっとのばらと論の面倒見させて』

『まったくだっつうの。おまえ、今からでもいいから戻ってこいよ』

『そりゃあ無理だな』

『無理かあ』

ふたりで真っ白でふわふわしたものが浮いているところで笑い合った。

『拓人、いつもこんなとこにいんの?』
あたりを見回す飴屋に、『こんなとこ?』と拓人が首をかしげる。
『真っ白でふわふわだらけ。なんか気持ちいいな。ここ天国ってやつ?』
すると拓人は声を上げて笑った。
『ここは、おまえが今いるところだろ?』
『俺?』
拓人はふわふわから腰を上げて、こちらにやってくる。
『朋、いいかげん、目ぇ覚ませよ』
『え?』
『おまえは、今、どこにいる?』
額に軽くデコピンされ、ふっと目が覚めた。

　——夢?

すぐには自分がどこにいるのかわからず、理解した瞬間、びくっと震えた。自分は成田に頭ごとすっぽり包まれていた。これはどういう状況だと考える。ここは自分の部屋だ。飯を食って、腹がふくれてそのまま眠ってしまい——。

「起きた？」

はっと顔を上げると、至近距離で目が合った。

「誤解しないように言っておくけど。飴屋さんからきたんだからね」

「俺から？」

「皿洗って戻ってきたらまたパーカ投げ出してたから、かけ直してあげたら俺の腕つかんで引っ張った。俺も眠いし隣に寝たら、そのままゴロンって近づいてきた」

顔から火が出そうだった。

「悪い。寝ぼけてた」

離れようとしたが、いいよ、と抱きとめられた。

「せっかくだし、もう少しこうしてよう」

「なにがせっかくだ」

「うーん、たまにもらえるおやつ的な感じで」

なんだそれと抗ったが、さすがプロの武道家で成田のホールドはびくともしない。

「怖がらないで。これ以上はなんもしない」

その言い方に頬が熱くなった。

「アホ、処女相手みたいなこと言うんじゃねえよ」

「そうだね。バーの個室でことに及ぼうとする処女はさすがにいない」

思わず吹き出した。

「そういや、そんなこともあったなあ」

「あったね」

抱きしめられたまま、くっくっと笑い合った。

「いい感じではじまったのに、今はお疲れのお父さんとその癒し係だからなあ。生きてると、なにがどう転ぶかわかんないな」

「……まあな」

お父さんと癒し係。そのとおりだし、それ以上は困る。なのにわずかに歯がゆくなって、自分から成田の胸に顔を押しつけた。応えるように成田が腕の力を強くする。

——あー……、すげえ気持ちいい……。

目をつぶると、初めて会ったときの抱擁を思い出す。せまいバーの個室で、自分から腕を回して抱きついた。あのときも成田の腕はジャストフィットに自分を包み込んだ。せますぎず、広すぎず、ちょうどよく、ぴたりと寄り添ってくる。ニコイチという言葉がふと浮かぶ。ふたつでひとつ。けれどそれはずっと自分と拓人のことだった。

——朋、いいかげん、目ぇ覚ませよ。

夢の中で拓人は言った。でもまだ夢を見ているみたいだ。ふわふわと頼りない感じに、きつく固め続けている拳がじわじわ開いていきそうで焦る。自分の手の中には大事なものが入っていて、間違ってもこぼすわけにはいかないのだ。

あいかわらず窓の向こうは寒そうな薄水色で、この腕の中が余計にあたたかく感じる。起きているのか眠っているのか、よくわからない時間の中で成田がつぶやいた。

「……そろそろ帰んないと」

「もう？」

反射的に顔を上げてしまい、困った顔とぶつかって恥ずかしくなった。

「夕方からシニアクラスが入ってるから」

「ああ、そっか、そうだな」

身体を離そうとすると、引きとめられて額にくちづけられた。ふれ合ったのは一瞬で、成田はすぐに身体を離して照れたようにほほえんだ。

「ごめん、ちょっとはみ出した」

お父さんと癒し係から——。すぐに切り返せず、別に俺は……と口の中でもごもごつぶやいてうつむいた。心臓が妙な動きをしていて焦ってしまう。

成田は台所へ行き、持ってきた土鍋やまな板や包丁を大きなかばんにしまっていく。土鍋はともかく、成田は毎回家にくるたび用具を持ってきて、また持って帰る。面倒だろうからまな板や包丁は置いていけばいいのにと一度言ったが、成田は笑っただけだった。

せまい玄関で、成田は大きな身体を縮めてスニーカーを履いている。

「今日はちょっと調子にのりすぎた」

「え？」

「ごめん、反省します」

武道家らしい堂々とした礼をひとつ残し、成田は飴屋の返事を待たずに帰っていった。

別に謝らなくてもいいのに。本当に律儀な男だと思いながら鍵《かぎ》を閉め、振り向いた室内はひどく静かで戸惑った。成田が帰ってしまうと、成田の気配は見事に消え失せる。頻繁にきているのに、この部屋に成田のものはひとつもない。

——俺ら、今までどおりでいない？

成田はあの言葉を見事に守っている。飴屋の部屋はのばらと論のための場所だから、どれだけ同じ時間をすごしても成田はここに自分のものを残していかない。

以前はそんなことに気づかなかった。今は気づいてしまう。なにも残さないことで、なにかを残すよりも強烈ななにかを残されてしまう。もう少し一緒にいたかったなんて思わされてしまう。これはやばい。無意識に口元を手でかくす。ぼうっと玄関に立ちつくしているとチャイムが鳴ってびくりとした。成田かと、はじかれたようにノブに手をかける。

「朋さーん」

ドア越しにのばらの声が聞こえて、一瞬で頭が冷えた。

今、自分はなにを期待した？

落ち着けと深く呼吸をしてから、ゆっくりとドアを開けた。

「おお、おかえり。買いもんどうだったよ」

「論がはしゃいじゃって大変だった」

「論は？」

「妖怪辞典買ってあげたから、今はそっちに夢中」

おつかれさんと返すと、のばらはこれと紙袋を渡してきた。

「デパ地下のお惣菜。お昼食べてないんじゃないかと思ったんだけど……」

のばらはくんくんと鼻を鳴らし、おいしそうな匂《にお》い、と言った。

「成田先生、きてた？」

どきりとした。

「なんで？」

「帰ってくるとき、すれ違ったから」

「あー……、うん、きてた。たまたま向こうも暇だからって」

なぜか言い訳じみたことを言っている自分に舌打ちしたくなった。

のばらは、ふうん、となにか言いたげに飴屋を見つめる。

「つきあってるの？」

ストレートに問われ、ぎょっとした。

「なに言ってんだ」

「だって成田先生、朋さんのタイプでしょう。雰囲気が拓人に似てる」

「どこが。おまえは一回豆腐の角に頭ぶつけろ」

「あたしと論のことは気にしないで、そろそろ自分の幸せ見つけてよ」

「話聞いてんのか」

「ごまかさなくてもわかるから」

　のばらはすいと横を向いた。どこかかたくなな横顔に飴屋は危機感を覚えた。

「余計な気ぃ回すな。俺は拓人と約束したんだ」

「……まだ、拓人のことが好き？」

　のばらの横顔は不安そうで、好きでいてほしいという気持ちが強く伝わってくる。のばらは今でも拓人だけを愛していて、飴屋にも拓人を忘れないでほしいと願っている。のばらにとって、飴屋は拓人という愛する男を共有する同志のようなもので、奇妙な連帯感が家族の絆を強くしている部分もある。だから自分は余計にこの場所から動けない。

「好きだよ」

「本当に？」

「しつけー」

　頭をこづくと、のばらはようやくこちらを向いた。

「あたしたちみたいないい女といい男に愛されて、拓人は幸せ者だよね」

「自分で言うな」

のばらが笑った。

「夕飯、上で一緒に食べる?」

「おう、久しぶりにそうするか」

「じゃあそれまで論と遊んでやって」

はいはいと飴屋は靴に足を入れ、成田の気配がひとつも残っていないがゆえに、成田の不在が際立っている自室をあとにした。


今年のクリスマスは日曜日で、論は前の晩からそわそわしていた。朝早くに飴屋を起こしにやってきて、メリークリスマスと手書きのカードをくれた。『おとうさん、だいすき』と似顔絵が描かれたそれはクリスマスっぽいのかどうなのかよくわからない。が、嬉しかった。午後になると、論はのばらとスーパーへ行ってケーキやチキンを買い込んできた。

「おとうさん、クリスマスはなんでチキン食べるの?」

「ああ、そりゃあ三千年前のサンタ大戦争にさかのぼらないとなあ」

適当に答えたら論の目が輝いた。

「サンタ大戦争？　なにそれ、教えて教えて」

「えーっと、血に染まった赤いサンタ服の呪《のろ》われし宿命というか……」

壮大な風呂敷を広げてしまい、どうまとめようかと考えながら話していると、

「いいかげんなこと教えないで」

台所からのばらが飛んできたので助かった。

「論、クリスマスに食べるのは、ニワトリじゃなくて本当は七面鳥なのよ」

「ひちめんちょーってなに？」

問われ、のばらはえっと困った顔をした。

「えっと、多分、三千年前に生まれたニワトリの祖先みたいな……」

「いいかげんなこと教えんじゃねえよ」

飴屋のツッコミにのばらがぎくりとした。

「ニワトリでも七面鳥でもうまかったらいいじゃねえか。なあ、論？」

「うん。スーパーで一番おいしそうなチキン買ってきたから大丈夫。足に赤と緑のリボンがついててね、おとうさんのは大きくて、おかあさんは俺と半分こするんだ」

「そっか。でけえの選んでくれてありがとな」

後ろから抱きしめてぐりぐり顔をこすりつけると、論は楽しそうに笑った。

のばらの部屋はピンクのカーテンにピンクの水玉カーペットで、同じ間取りなのに飴屋の部

屋よりも印象がやわらかい。飾りつけをされたツリーが小さな光を点滅させている。午後から雪が降りだして、ホワイトクリスマスだねとのばらと論が嬉しそうに外を眺めている。暖房で部屋はあたたかく、外気温との差で窓ガラスが雫をたらしている。

「おかあさん、ご飯まだ？　お腹へった」

「もうちょっと。グラタンもできたし、あとはピザあたためるだけよ」

「おまえが作ったのか？」

問うと、買ってきたと言われてホッとした。前にのばらが作ったグラタンは、白い団子みたいなべたべたした物体だった。

「おかあさん、先にケーキ食べたい」

「ダメ。ケーキはご飯のあと」

そのときチャイムが鳴り、のばらがはいはいと玄関に走った。

「はーい、どちらさま……、あ、成田先生」

聞こえてきた声に、どきりとした。論が「先生？」と駆けていく。

「先生、メリークリスマス！　うわあ、先生、サンタの服だあ」

「メリークリスマス。サンタがプレゼント持ってきたぞ」

「え、うそっ、なになに。あ、ジューライダーの変身ウオッチだ！」

「先生、こんなことしてもらったら困ります」

「いやいや、これは祖父ちゃんからのも入ってるんで」

「いつもありがとうございます。論、ちゃんとお礼言って」

「先生、ありがとう。明日、おじいちゃんにもお礼言いにいく」

「そうしてやってくれると喜ぶよ」

飴屋は居間で三人の会話を聞きながら、落ち着かない気分だった。意味なく髪の毛を直したり、偉そうなあぐらに足を組み直して成田がくるのを待った。

「先生、上がっていってください。もうすぐご飯だから」

「ああ、いいですよ。もう帰るんで」

「そんなこと言わないで。たいしたものないけど、せっかくのクリスマスだし」

「そうだよ、先生一緒にご飯食べよう。チキンあるよ。緑と赤のリボンついてるやつ」

「うまそうだなあ。でも今日は論にプレゼント渡しにきただけだし、家で祖父ちゃんが待ってるから帰るよ。のばらさん、突然お邪魔しました。じゃあな論」

——え、本当に帰るのか？

思わず飴屋も腰を浮かしかけたが、

「あ、先生、待って。朋さん呼んできますから」

「わざわざいいですよ。じゃあ論、また明日な」

「うん、ありがとう先生」

バイバーイという論の声と、玄関が閉まる音。論が居間に戻ってきて、「おとうさん、これもらったー」とリボンのかかった箱を見せてくれる。

「おとうさん、見て見て。変身ウオッチ。これ腕に巻いたら変身できるんだよ」

「ああ、よかったな。大事にしろよ」

心ここにあらずで答えていると、のばらも戻ってくる。

「朋さん、先生帰っちゃったわよ。挨拶しなくてよかった？」

水を向けてくれたので助かった。

「ああ、ちょっと礼言ってくるわ」

飴屋は立ち上がった。急いで靴を履いていると、のばらがパーカを持ってくる。

「そんな薄着で出て行ったら風邪ひくわよ」

受け取ったものの、羽織る時間が惜しくて肩に引っかけて部屋を出た。冬は日が暮れるのが早い。けれど降りだした雪が舗道をうっすら染めていて仄《ほの》明るい。

白い息を吐きながら走っていくと、道の先に成田の後ろ姿を見つけた。赤いサンタの帽子をかぶって、手に白い袋を持っている。論にプレゼントを渡すために、あんな恰好で歩いてきたのか。馬鹿みたいだ。笑いたいのに笑えず、なぜかきつく唇をかんだ。

成田はいつもこうだ。頻繁に家に出入りするくせに、自分の持ち物はなにも残していかないし、ましてや家族の行事ごとには割り込んでこない。飴屋のほうから一線を引いたくせに、分をわきまえすぎている男の後ろ姿にひどく胸が疼《うず》いた。

成田は祖父とふたり暮らしで、母親は別に家庭を持っている。成田はべらべらとしゃべるタイプではないので、あまり詳しい事情は知らない。それでも家族の縁に薄いんだろうことはわかる。高齢の祖父が他界したあと、親身になってくれる身内はいるんだろうか。ああいう男だから友人は多いだろうが、まったくさびしくないといえば嘘になるだろう。人間はそんなに強くない。だから、やっぱり、人生を共に歩んでくれるパートナーはいたほうがいい。

自分なんかに構っていても、成田にはいいことがひとつもない。

それどころか、いい相手に巡り合えるかもしれないチャンスを逃している。

そんなことを考えていたら、追いかける足が鈍ってしまった。小走りから歩きへと、最後はとぼとぼと力ない歩みになった。追いかけて、自分はなにを言うつもりなんだろう。

——もう引き返せよ。

なのに、なぜか一定の距離を空けて成田の後ろをついて歩いている。

途方に暮れていると、ふいに大きな背中が振り向いた。

「声かけてくれるの待ってるんだけど」

赤いサンタ帽をかぶった成田が笑う。鼻の頭が赤い。

「おまえ、せっかく家まできたんだから上がってけよ」

飴屋はポケットに手を突っこんだまま、ぶすっと言った。

「いいよ。クリスマスは家族団らんがいい」

　飴屋は内心で溜息をついた。わかっている。成田はそういう男だ。飴屋のことに限らず、いつも自分の気持ちは後回しの馬鹿なやつだ。そういうところが好ましく、なんとかしてやりたいと思うのに、そうはできない自分が歯がゆくて、総合、ひどく悩ましい男だ。

「雪降ってんのに、そんな恰好で風邪ひくよ」

　成田は飴屋からパーカを取り、肩にかけてくれた。ぶるっと身体が震えて、急に寒さを実感した。不思議だ。追いかけている間は忘れていた。

「プレゼント、ありがとな。爺さんにも礼言っといてくれ」

「わざわざそんなこと言うために追いかけてきたの？」

　嬉しそうに問われ、なんと答えていいのかわからなくなった。礼を言いにきたのかと問われると違う。自分でもなぜ追いかけてきたのかわからない。最近こういうことが増えた。以前のように気楽に言葉を返せない。なにか言う前に、いちいち立ち止まって考えてしまう。

「風邪ひくから、早く帰りなよ」

　本当だ。寒くて足の先がじんじん痺《しび》れてきた。でも、もう少し話していたい。

「……あのさ」

「うん？」

　首をかしげられ、焦って話題をさがした。

「なんでクリスマスに七面鳥食うか知ってるか？」

唐突な質問に成田がまばたきをする。

「急になに」

「さっき諭に聞かれて、答えられなかったから」

ああ、と成田はうなずいた。

「確かアメリカの移民の人たちが食べ物なくて大変だったときに、ネイティブアメリカンの人たちが七面鳥をわけてあげて、それで飢えをしのいだのがはじまりだったと思う。クリスマスだけじゃなくて、七面鳥はアメリカのお祝い事には欠かせないらしいよ」

「やっぱサンタ大戦争は関係なかったか」

「なにそれ」

「なんでもない。おまえ、色んなことよく知ってるな」

「たまたまね。前にクリスチャンの道場生がいて教えてもらったんだ」

「クリスチャンでフルコンタクト空手って矛盾してんな。あいつら右頬を殴られたら左頬を差し出すんだろ。俺には無理だ。右を殴られそうになった時点で蹴りが出る」

成田は吹き出した。

「飴屋さんはほんとよきパパだな。聞かれたことにちゃんと答えようとするし」

そう言われると後ろめたくなる。諭の質問も気にはしていたが、今は成田と話をしたかっただけだ。でもそうとは言えない。むっと唇の内側をかんで成田を見た。

「そんな顔するなよ」

ふいに成田が真顔になった。

「このままどっか連れていきたくなるだろう」

じわりと頬に熱が集まった。自分は一体どんな顔で成田を見ていたんだろう。想像すると恥ずかしい。視線をそらすと、大きな手が頬に触れた。

「ほんと早く帰って。これ以上いたら本当に帰したくなくなるから」

「………」

「こんなこと、何度も言わせんなよ」

少し怒ったような表情に、ぎゅっと絞られたように胸が苦しくなった。一瞬、このままどこかに行きたいと強く思った。馬鹿だ。そんなことできるはずないのに。

「わかった。じゃあな」

わざとぶっきらぼうな言い方で踵《きびす》を返し、大股で歩きだした。

視界を雪がちらちらかすめる。ひどく後ろ髪を引かれる。でも振り返らなかった。成田は雪の中、寒そうに突っ立って自分を見送っているだろう。そんなのを見てしまったら、きっと自分は引き返したくてたまらなくなる。それはできない。してはいけないのだ。

年が明けた一月の日曜日、二階ののばらの家は珍しくにぎやかだった。成田の家が壁の塗り替えをするので、その間、成田と成田の祖父が遊びにきているのだ。

「論、鶏団子のタネができたぞ。丸めるか」

成田の祖父が、鍋に入れる鶏団子のタネが入ったボウルを居間に持ってきた。論はそれまで見ていたジューライダーの本を投げ出し、「まるめるっ」と除菌ティッシュで手を拭いた。成田とのばらは台所で他の材料の準備をしている。

「これを丸めればいいのか？」

飴屋も携帯を閉じてボウルをのぞき込んだ。

「あ、おとうさんはやらないで。お団子は俺とおじいちゃんが係だから」

論がミンチだらけの手で飴屋の手を押しのけてくる。

「なんでだよ、いいじゃん」

「ダメだってば」

「いいからいいから、星型とか作ってやる」

腕まくりをしてボウルに手を入れると、論が癇癪《かんしゃく》を起こした。

「ダメって言ってるのにーっ」

論は手にしていた鶏団子をぶちゅっとにぎりつぶした。

「おお、飛びよった飛びよった」

成田の祖父は動じることなく飛び散った肉団子をかき集める。論は祖父の背中にしがみついて泣いている。「どこまで爺っ子だ」と頭をこづくと、論はますます大泣きした。

「いたいー、おとうさんがたたいたあ」

「ちょっと、論、なに騒いでるのよ」

のばらと成田が居間に顔を出した。論がそろりと祖父の背中から顔を出す。

「……だって、俺とおじいちゃんでお団子まるめる約束してたのに」

「じゃあ、ちゃんとそう言えばいいじゃない。癇癪起こして泣いてるだけじゃ赤ちゃんと一緒でしょう」

「俺、赤ちゃんじゃないっ」

今度は拗《す》ねてしまい、のばらはほとほと困った顔をした。

「こいつ、こんな甘ったれだったか？」

飴屋が首をひねると、成田が怒ったように祖父を見た。

「祖父ちゃんが悪いんだぞ。無責任に甘やかすから」

「……すまん」

成田の祖父はバツが悪そうに謝る。すると論が急いで前に回ってきた。

「おじいちゃんは悪くないよ。ごめんね、俺のせいでおじいちゃん怒られて」

「論は優しいのう。もう爺のとこの子供になるか？」

「うん、いいよ」

「そうかそうか。じゃあ清玄《せいげん》と交換じゃあ」

反省のない爺孫コンビに、飴屋とのばらと成田は溜息をついた。

平和な空気の中、のばらの携帯が鳴った。のばらが着信を確認して眉をひそめる。ちょっとごめんなさいと断ってから、逃げるように台所へ行く。その様子で義母からだとわかった。

「そんな急に言われても困るわよ。家の前にいるって……」

飴屋は黙って立ち上がった。怪訝《けげん》そうな成田や祖父に、ちょっと出てきますと会釈で断ってから台所へ行き、のばらの背中をポンと叩いた。

「出てくんなよ。遅くなったら先に食っとけ」

小声でのばらにささやいて部屋を出た。せっかくの楽しい休日にめんどくせーなと思いながら外階段を下りると、アパートの前に義母が立っていた。

「なんか用ですか？」

「ちょっと顔が見たくなったのよ。論にプレゼントも持ってきたの」

義母は紙袋を持ち上げた。駅で買ったような土産物の袋からは孫への愛情など欠片《かけら》も感じられない。飴屋はガリガリと頭をかき、不愉快さをどうにか抑え込んだ。

「どうも。渡しときます」

紙袋を受け取って背を向けると、ちょっとと呼び止められた。

「のばらと論、いるんでしょう?」

「いない。出かけてる」

あからさまな嘘に義母は眉間《みけん》に皺《しわ》を寄せた。もういいわと飴屋の脇を通りすぎて二階に上がろうとする。飴屋が前に立ちはだかると、義母がまなじりを吊《つ》り上げる。

「どうして実の母親が娘と孫にも会わせてもらえないのよ」

会いたいなら、もう少しマシな母親になりやがれと喉まで出かかった。

当時、論を生むのを反対したのは親心なのかもしれない。しかし妊娠中ののばらの体調を気遣うこともせず、自分の混乱と腹立ちをぶつけていたことを思い出すと胸糞《むなくそ》悪くなる。どうせ今日だって金をせびりにきたのだ。この適当な土産を見ればわかる。怒鳴りたいのをこらえていると、義母は二階に向かって声を張り上げた。

「のばら、論、いるんでしょう!」

飴屋はぎょっとし、慌てて義母の手を引っ張って一階の自分の部屋へ放り込んだ。その間も義母はのばらと論の名前を呼んでいて、飴屋は玄関脇の壁に拳を叩きつけた。すごい音に義母が喚くのをやめた。飴屋はうんざりと溜息をついた。

「勘弁してくれよ。せっかく爺さんもきて論も楽しくやってんのに」

「朋くんの親御さんきてるの?」

「俺の友達の祖父さんだよ」

義母が不満そうな顔をした。

「赤の他人には会わせて、実のお祖母ちゃんには会わせないってどういうことよ」

「赤の他人でも、あんたよりずっとのばらや論に優しくしてくれるよ。のばらが介護学校に通ってる間は論をあずかってくれて、飯食わせてくれて、なによりかわいがってくれる。論は成田や爺さんのとこ行くようになって、前よりずっと甘ったれでわがままになった」

「ダメじゃないの」

「それでいいんだよ」

誰も助けてくれないのだから、家族だけで力を合わせて生きていこう、人に頼るな、頼られる男になれと論には教えてきた。だからずっと論はしっかりした子供だと思っていた。けれど違った。甘ったれたり、たまに癇癪を起こして泣いたり、論は普通の子供だった。

のばらに向かって動物と言ったり、おまえはかわいそうな子だと論に吹き込む義母には、成田や成田の祖父の好意が、飴屋たちにとってどれだけありがたいものだったかわからないだろう。言いたいことは山ほどあったが、飴屋は大きく息をしてこらえた。

「……なんか困ってることあんの？」

水を向けてやると、義母の表情がふっとゆるんだ。

「いつも困ってるわよ。うちの人は身体が悪くてもうずっと仕事に行けないし、こういうときは子供に頼りたいんだけど、あんたたちはこのとおり冷たいしね。そりゃああんたたちは私を恨んでるんだろうけど、親だからこそ反対した気持ちはわかんないのね」

もっともらしい言葉を並べ立てる義母から目をそらした。聞くな。まともに受け取ると腹が立つだけだ。金を渡せば満足して帰るのだ。だったらさっさと渡してしまえ。財布をさがしてパーカのポケットに手を入れ、舌打ちしたくなった。財布を部屋に置いてきた。取りに戻ろうとしたときノックが響いた。

「飴屋さん、いる?」

控えめな問い。ドアを開けると成田が立っていた。

「ごめん。これ、いるかと思って」

渡されたのは飴屋の財布だった。以前、成田には義母とのゴタゴタを見られている。気の回りすぎる男への感謝と、みっともない場面を見られた羞恥《しゅうち》が湧いた。悪いなと受け取り、有り金全部渡すつもりで財布を開いたが、折悪《おりわる》く持ち合わせがなくて顔をしかめた。

「ちょっと待っててくれ。下ろしてくる」

部屋を出ようとすると、成田に止められた。成田は自分の財布を出し、紙幣を抜き出して義母に渡した。おいと言いかけたが、それよりも早く成田に目で制された。

「朋くんのお友達?」

義母は紙幣を受け取りながら成田に尋ねた。

「のばらや論もお世話になってるんですってね。世間なんかなにもわかっちゃいない子たちだけど、どうぞ仲良くしてやってくださいね」

義母がまともな母親らしく頭を下げるが、成田は一言も発さず笑顔も見せなかった。こんな冷たい表情の成田は初めて見る。義母は居心地悪そうにし、じゃあ帰るわ、のばらたちによろしくねと飴屋に言い、もうここに用はないと言わんばかりに帰っていった。

「悪い。すぐ金下ろしてくるから」

出ていこうとすると腕をつかまれた。

「いいよ」

「よくねえだろ」

「飴屋さんが返したいなら返して。でも今じゃなくていいから」

「ダメだ。こういうのはきっちりしとかねえと」

乱暴に成田を振り払った。他人には見せたくない身内の恥だ。それをよりにもよって成田に助けてもらったなんて、恥ずかしすぎて顔から火が出そうだ。しかし出て行こうとする肩をつかまれた。抗う間もなく、強引に抱き寄せられていた。

「おい……っ」

力を込めて押し返してもびくともしない。

「大丈夫だから、ちょっと力抜いて」

「なにを……」

「いいから、力抜けって」

抱きしめる腕に力がこもる。なだめるように背中を優しく叩かれると、ほろほろと気持ちが崩れそうになる。こういう感覚には慣れていない。

「……離せって」

優しく背中を叩かれるたび、ますます息苦しくなって、酸素を求めて水面を目指すみたいに顔を上げた。至近距離で目が合う。あ、と思った。これはやばい。

成田が顔を寄せてくる。ダメだ。けれど身動きできずに受け入れてしまった。

唇がふれ合った瞬間、不安感は高揚感に変化した。シャツを裏返すみたいに簡単に気持ちを裏返されて、見ないふりをしていた甘いものが顔を出す。

「……やめ……っ」

最後のあがきで抵抗した。それを力で封じられることも気持ちいい。最初はふれるだけだった唇を今度は強く押しつけられ、腰を抱き寄せられたときには止められなくなった。

自分からも腕を回して成田を抱きしめた。唇を合わせながら、真冬の玄関先でびっくりするほど身体が熱くなってくる。こんなキスは知らない。抑制できないなにかが湧き上がってくる。それに耐えるのに夢中で、近づいてくる足音に気づかなかった。

「朋さん、お母さん帰ったの?」

突然玄関が開き、はじかれたように成田と離れた。

のばらがぽかんとこちらを見ている。

三人ともが固まる中、のばらが一番に我に返った。

「ごめんなさい！」

ドアを閉めて走っていく。

「飴屋さん、俺が説明してくる」

追いかけようとする成田の腕を、いいと強くつかんだ。

「なにを説明すんだよ」

「俺が強引にしたって言う」

「嘘じゃねえか」

途中からは自分も夢中だった。今まで色んな男と一晩限りのストレス発散をしてきたのに、さっきのキスは全然違っていた。我に返れなかった。冷静にものを考えられなかった。のばらや論のことすら忘れていた。ありえない。

「……これ、やべーわ」

自分が本気で惚れたのは拓人だけで、どれだけ男と寝ても気持ちの入ったキスもセックスもしたことがないことに今さら気づいて愕然《がくぜん》とした。成田にこんなにも気持ちが入っていることにも驚いた。自分のことなのになにもわかっていなかった。

「……飴屋さん」

そっと髪にふれてくる手を力なく拒んだ。

「悪い。今、一ミリも余裕がねえ」

「……うん」

「今日は帰ってくれ。のばらには俺から話をする」

「わかった」

「悪いけど、しばらく家にもこないでくれ。連絡も」

その言葉にはわずかな沈黙があったけれど――。

「わかった。とりあえず荷物だけ取りに一度上行く。すぐに帰るから」

そう言うと、成田はぐずぐずすることなく部屋を出ていった。

飴屋は玄関の壁にもたれ、大きな溜息をついた。力が抜けてしまい、壁を伝ってずるずると身体が沈んでいく。せまい玄関にしゃがみ込み、両手で顔を覆った。ひどく混乱している。のばらにどう説明すればいいだろう。その前に、部屋に戻ってなに食わぬ顔で論に笑いかけなければいけないのがつらい。たった一度のキスが、山ほどの問題と後悔を連れてくる。

なのに、一番強く思っているのは成田のことだった。守らなければいけないものを全部放り出して、追いかけて、ひどい言い草をしてしまったことを謝りたいと思っている。最悪だ。誰かを好きになるってこんなに苦しいことだっただろうか。

拓人に恋をしていたときのことを思い出してみる。親友だったから自分の気持ちを打ち明けることは死んでもできなくて、かなりしんどい思いをしたはずだ。なのに、なぜか楽しかったことしか思い出せない。くだらないことで笑い合ったり、ニコイチで喧嘩をしたり、原チャリで2ケツをしてパトカーに追いかけ回されたりした。

拓人がのばらに恋をして、失恋のやけくそで惚れてもいない相手とやりまくって初体験をすませてしまったり、そんなどうしようもない思い出すら懐かしいと思うのは、拓人とのことがもう全部終わってしまったことだからだ。

なのに、成田のことを思うと簡単に胸が痛くなる。こんなことになるなら、知り合わなければよかったと思う。これからどうしようと考えて、ああ、これからなんてもうないのかと思い直す。やりきれない溜息がもれてしまう。これ以上成田と会うことはできない。考えるまでもなく答えは出ている。なのに終われる自信が欠片もない。

この気持ちの始末をどうつけよう。途方に暮れていると足音が聞こえた。ごつりと響くブーツの重い音に、外階段を下りていく成田の大柄な姿が鮮やかによみがえる。しゃがみ込んだまま両手で耳をふさぎ、成田の気配が自分の中に流れ込んでくるのを防いだ。

今日は論《ろん》の空手の日で、仕事が終わってから成田《なりた》家へ論を迎えにいった。自分と成田の間にトラブルがあったからといって、論と成田の祖父の間まで断ち切ることはできない。重い気分で成田家のチャイムを鳴らした。

「おとうさーん、おかえりー」

いつものように居間から論が飛び出してきた。続いて成田の祖父が顔を見せる。夕飯の入った紙袋を渡され、いつもすみませんと頭を下げた。こっちはこっちで普段と変わりないようにしなければいけないのに、今の状況で好意だけを受け取るのはひどくこたえた。

「おとうさん、先生、試合が近いからまだ道場で稽古《けいこ》してるよ。呼んでくる？」

「いいよ。邪魔すんな」

先週も同じ理由で成田は家にいなかった。あれから十日程が経ったが、成田からは電話もメールもない。なるべく顔も合わせないようにしてくれている。

こちらが落ち着くまで待ちの態勢でいてくれることがありがたかったが、肝心ののばらとは話ができていない。私のことは気にしないでの一点張りで取りつく島もない。

「最近、どうじゃあ」

ふいに祖父から問いかけられ、えっと顔を上げた。質問が漠然としすぎている。

「なにか困っとることはないか」

「ああ、いえ、特になにも」

困ってることなら山ほどあるが、どれも口にできないことばかりだ。

「あんたら、若いころから親の援助も受けず自分らだけでやってきとるんじゃろう。立派なことじゃが、論もおることだし、なにかあったときは遠慮せず言いなさい」

「……はあ、ありがとうございます」

いきなりなんの話だと怪訝《けげん》に思っていると、うかがうようにこちらを見上げている論と目が合った。慌てて目をそらす様子にピンときた。論がなにか言ったのだ。

「それと来週の極真《きよくしん》ビギナーズカップじゃが、急だが論を出すことになった」

「え、試合ですか。まだそんなに通ってないのに？」

「論は筋がええからの、師範代たちとも相談して六歳から八歳の部に出すことになった」

「いいセンいきそうですか？」

親として期待がふくらんだ。

「どうじゃろうなあ。まあ今回は小手調べくらいに思っとけばいい。大会のあとは道場で親も参加の鍋をやるから、あんたものばらちゃんときたらええ」

「ありがとうございます」

「子供にとっては、家族団らんが一番じゃからなあ」

諭すような言い方にそうですねとうなずき、飴屋《あめや》は成田家をあとにした。軽トラに行くまでに道場の横手を通っていく。開いた窓から稽古風景が見えた。似たような胴着姿の男たちの中で飴屋の目は一瞬で成田をとらえてしまい、慌てて目をそらした。

「おまえ、爺さんになに言った」

軽トラに乗り込んで一番に問うと、論はまばたきを繰り返した。

「なにも言ってないよ」

「嘘《うそ》つくやつはひとりで風呂に入る刑だ」

論はばっとこちらを向いた。先日ホラー映画を観て以来、論はひとりで風呂に入れない日が続いている。シャンプー中、幽霊が後ろに立っていたらと想像してしまうらしい。

「……なにも言ってないもん。ちょっとだけ、おとうさんとか、おじいちゃんとか、先生とかと、もう会えなくなるのかなあって聞いただけだもん」

「どういうことだ」

問うと、論は助手席で小さな膝《ひざ》を抱えた。

「昨日、おかあさんに学校変わってもいいかって聞かれた。また引っ越しするのって聞いたけど教えてくれないし、俺、みんなに会えなくなるの嫌だなあって思ったから……」

引っ越し？　なんだそれはと焦ったが、まずは論を安心させるのが先だった。

「大丈夫、引っ越しなんかしねえよ」

うつむいている小さな頭に手を置いた。

「ほんと？」

「ああ、俺からもお母さんに聞いておく。だからおまえは心配すんな」

ぽんぽんと頭を叩《たた》くと、論はホッとしたようにうなずいた。しかし飴屋のほうは頭を抱えたかった。学校を変わるとはどういうことだ。論の言う通り、また引っ越すつもりか。一体どういうつもりだと考えれば、理由はひとつしかない。ずっとはぐらかされてきたが、今夜こそそのばらと話をしなくてはいけない。

その夜、仕事を終えて論を迎えにきたのばらに話を切り出した。論は寝ていたが、万が一のことを考えて部屋の外で話をした。眠いんだけど……とのばらは不機嫌だ。

「おまえ、しょうもねえこと論に言うんじゃねえよ」

「しょうもないこと?」

「学校変わるとか言ったんだろう。論のやつすげえ気にしてたぞ」

のばらは一瞬まずいという顔をし、しかしすぐに表情を硬くした。

「こっちの話だから気にしないで」

「こっちもそっちもあるか。俺は父親だぞ」

「朋《とも》さんは論の父親じゃない」

「……あのなあ」

飴屋はしかめっ面で髪をかき回した。

「そこらへん、ちゃんと話しようや。成田のことも——」

「いい。あたしのことは気にしないでって言ったじゃない。最初から朋さんがそっち側の人だっていうのは知ってて籍入れてもらったんだし」

「入れてもらったとか卑屈な言い方すんな」

強い口調にのばらはうつむいてしまい、飴屋は慌てて低姿勢に出た。

「あー、その、なんだ……、俺たちは普通の夫婦じゃないけど、さすがにおまえらの目と鼻の先であんなことになったのは悪かった。成田とはもう会わない。約束するから許してほしい」

するとのばらが弾かれたように顔を上げた。

「なんでそうなるのよ。あたしのことは考えないでいいって言ってるのに」

「そういうわけにいかねえだろ。おまえだって納得できないから怒ってんだろうし」

「違うわよ。そういう意味じゃなくてあたしは——」

「……おかあさん？」

振り返ると少し開いたドアから論が顔を出していた。

「……ケンカしてるの？」

「し、してないわよ。ただいま、論、遅くなってごめんね」

のばらは笑顔を作り、論を抱き上げた。もうおうち帰ろうねと二階に上がっていく。のばらに抱かれた論がじっと飴屋を見ている。泣きそうな顔に胸をしめつけられた。

のばらたちが階段を上がっていく音を聞きながら、飴屋は玄関ドアにもたれ、腕組みで夜空を眺めた。もしも拓人《たくと》がどこかで今の自分を見ていたら不安でしかたないだろう。

——しっかりしろよ。拓人と約束しただろう。

ぴしゃりと両手で頰《ほお》を叩いてから部屋に戻った。ビールを一気飲みして勢いをつけ、それから携帯を取り出して成田にかけた。コール音が妙に大きく聞こえる。

『飴屋さん？』

久しぶりに聞く成田の声だった。

「悪い、こんな遅くに」

『いいよ。なにかあった？』

心配そうな声音に、迂闊《うかつ》にもゆるみそうな気持ちを意識してしめつけた。

「おまえとは、もう金輪際会わないことになった」

決定事項として伝えると、短い沈黙が生まれた。

『この間のことが原因？』

「ああ、のばらが引っ越すとか言いだして論が不安がってる。これ以上はダメだ。俺はおまえよりものばらと論が大事だ。だからもう会えない」

極力気持ちを込めず、教科書を読むように淡々と告げた。今度の沈黙は長かった。当たり前だ。あれだけ世話になっておいて、自分の都合だけで勝手なことを言っている。自分をそこらの道端に転がっている石だと思い込みたい。石だったらなにも感じないですむ。

『うん、わかった』

ずいぶんと経ってから答えが返ってきた。

『論は道場に通わせるんだろう?』

「そのつもりだ」

『祖父ちゃんとのつきあいは今までどおりでいいかな?』

「おまえがよければ、こっちからそう頼みたい。えらいなついてるから」

『ありがとう。論に会えなくなったら祖父ちゃんにお迎えがきそうだ』

成田は小さく笑った。

『道場とかで会ったら、そこでは普通にしていよう』

「ああ、助かる」

事務的なことを話してしまうと、もう言葉が途切れてしまった。

「悪かっ——」

『言わないで』

寸前でせき止められた。

『最初に俺が無理を言ったんだから、飴屋さんは悪くない』

「けど」

『それに最後がごめんになるのは嫌だ』

成田の言う通りだった。状況が悪かっただけで、成田とすごした時間は楽しいことのほうが多かった。謝罪よりもありがとうのほうがふさわしい。

『飴屋さん、ありがとう。今まで楽しかったよ』

まるで飴屋の気持ちを読んだみたいに成田が言う。

「……俺もだ」

もっと言いたいことはあるのに、それ以外はなにも言えなかった。

『じゃあ、さよなら』

成田はあっさりと電話を切ってしまった。

部屋の中がやたらと静かに感じられ、携帯を手にしたまま飴屋は舌打ちをした。

これだからあいつは嫌なのだ。未練がましいことも非難がましいことも言わず、気配のひとつも残していかないから、余計に取り返しのつかないものを失ったように感じる。

こんな気持ちで一晩をすごすことは耐えがたかった。拓人に失恋したときは先輩とやりまくった。ストレスがたまったときは小暮町《こぐれちょう》で男を引っかけた。でも今夜はその気力もない。

「……なんだよ、これ」

ぼそりとつぶやいた言葉はなににも受け止められず、硬い床に転がった。

県内のビギナーズカップと聞いていたのでこぢんまりしたものを想像していたが、予想以上の盛況ぶりに驚いた。論は道場のみんなとマイクロバスで先に行き、のばらは他のママさんと一緒に行っていた。会場で合流すると、のばらはなにやら緊張していた。

「論、大丈夫かな。試合なんて初めてだし怪我とかしないかしら」

「ヘッドギアつけんだし大丈夫だろ。つか空手なんだし怪我してもしかたねえ」

「でも論はまだ小さいし……」

のばらは心配そうにあたりを見回している。のばら自身十代のころはやんちゃだったし、拓人の喧嘩《けんか》っぷりも見ていただろうに、我が子となると別なのだろうか。

先日の引っ越し騒ぎは今のところ落ち着きを見せている。論の前で言い争いをするわけにはいかず、翌日『引っ越しなんて考えるなよ』とのばらにメールを送った。最初は無視されたが、しつこくメールをすると『わかった』と一言返ってきた。けれど本当にわかったわけでも納得したわけでもないことは承知しているので、当分は信用回復に努めるしかない。こっちもあっちもパンクさせないよう、だましだまし車を走らせている気分だ。

そのうち六歳から八歳の部がはじまり、各道場のチビたちが出てきた。飴屋は早速ホームビデオで論を撮り、のばらも「ろーん、がんばって！」と声を張り上げた。まっすぐ前を見て行進していた論がこちらを向き、「おかあさーん」と笑顔で手を振る。

「のばら、声かけんな。論がかっこわりいだろ」

「どこがよ。かわいいじゃない」

「こういうとき、男はビシッとしとくのがかっこいいんだ」

「ええー、朋さんなんか喧嘩するときもへらへらしてたじゃない」

「俺はいいんだよ。ビシッは拓人担当だったから」

ビデオを構えたまま言うと、のばらが小さく吹き出した。

「そういえば、そうだったね」

久しぶりの和やかな雰囲気にホッとした。自分とのばらは、拓人と論を媒介にずっと助け合って生きてきた。これからもそれでいいんだと、論たちを先導している胴着姿の成田のことは意識しないようにした。

論は六歳から八歳の部で準決勝まで進んだ。準決勝に進んだのは八歳の子ばかりで、七歳は論だけだった。自分よりも身体の大きな相手に充分すぎるほど健闘したのに、論は挨拶《あいさつ》をして戻ってきたあと、師範代である成田の腰にしがみついて悔し泣きをしてしまった。

選手が引き上げるのと一緒に飴屋たちも様子を見にいくと、論はみんなに囲まれてもう笑っていた。飴屋とのばらの姿を見ると、急いで駆け寄ってくる。

「おとうさん、俺、がんばったよ！」

「おお、ちゃんと見てたぞ。めちゃくちゃかっこよかった」

論を抱き上げ、ぐりぐり頬をこすりつけてやった。

「小手調べのつもりだったのに、本当にたいしたもんだ」

「このまま続けたら、将来が楽しみだな」

師範代たちの言葉に、飴屋とのばらは鼻を高くした。いつもなら真っ先に褒めちぎりそうな成田の祖父は、今日は他の道場生の手前重々しくうなずいているだけだ。

「論、すごく強かったね。お母さんびっくりした」

「うん、先生が試合の前にクッキーくれたから」

「クッキー？」

「ジュニアクラスの試合のときは緊張ほぐしに用意するんですよ」

成田が鞄から人の形をした小さなクッキーを取り出して見せた。

「緊張ほぐしに手のひらに人って書いて呑み込むだろう。それのクッキー版。かわいいからチビたちには結構効果あるんですよ。元は祖母ちゃんのアイデアだったんだけど、今は師範代の奥さんたちがボランティアで作ってくれてるんです」

「へえ、かわいい」

成田とのばらはにこやかに会話を交わす。あれやこれやの事情を呑み込んで、のばらと成田は大人の対応をしている。飴屋も最たる当事者として胃がねじれそうな時間を耐えていると、他のママさんたちがのばらを呼びにきた。道場でやる鍋の準備はママさんたちが仕切るようで、のばらはそちらに行ってしまった。

シニアの試合が近づき、成田の祖父や担当の師範代たちが会場に戻ってしまうと、飴屋と論、それに成田が残された。成田とまともに顔を合わすのはあの日以来だった。

「今日は本当にすごかった。夏の本大会が楽しみだな。なあ、論」

成田は無難に論に話しかけた。

「俺、夏の大会も出られるの？」

「ああ、初めてで準決なんてたいしたもんだからな。その代わりこれからしごくぞ」

論は顔を輝かせ、しかしすぐになにか思い出したように表情を曇らせた。

「どした。論は稽古好きだろう？」

「……うん。好きだけど、先生んとこはもう行けないかも」

論がうつむき、飴屋と成田は顔を見合わせた。

「論、どういうことだ」

飴屋はしゃがんで目線の高さを合わせた。しかし論はうつむいたまま答えない。

「論、大丈夫だからお父さんに言ってみろ」

肩を軽く揺さぶると、論は上目づかいで飴屋を見た。

「……昨日、おかあさんがベランダで電話で話してるの聞いた。お部屋が見つかったんですかって電話の人に聞いてて、じゃあ今度の休みに見にいきますって」

飴屋は眉をひそめた。

「……おかあさん、やっぱり引っ越しするのかなあ。遠いところだったらどうしよう。先生やおじいちゃんに会えなくなるよね。でもおとうさんは一緒だよね？」

飴屋は一瞬答えに迷った。

「飴屋さん、のばらさんと話をしたんじゃないの？」

「話っていうか……メールっていうか」

そのとき会場からどよめきが聞こえた。なんだと入り口を振り返ると、両隣から肩を担がれている選手が出てきた。瞼《まぶた》を切っているようで派手に流血している。

「小泉《こいずみ》さん！」

成田が呼びかけた。道場生らしい。選手は意識が朦朧《もうろう》としているのか、成田の呼びかけには担いでる師範代が手を上げて応えた。病院に連れていくようだ。

「あれは脳を揺らされてるな。ビギナーズカップは初心者ばかりだから加減がわからないっていうか、エキサイトしてああいう事故が起こるんだよなあ」

心配そうに見送る成田に、追って出てきた成田の祖父がふんと鼻を鳴らした。

「あれはあからさまな反則じゃ。故意に顔面を狙《ねら》ってきよった」

「故意？」

そのとき、会場からのろのろと胴着姿の男が出てきた。

「どうもすんませんでした。試合初めてでわけわかんなくなっちゃって」

目も合わせず、胴着についた血をいじりながらの態度に謝意は感じられなかった。

「ちょっとあなた、その態度は――」

憤る成田を祖父が止めた。

「白々しい謝罪はいらんわい。本部を通じて厳重抗議する」

「はあ、お好きにどうぞ」

男は面倒そうにこちらに視線を流し、瞬間、顔をこわばらせた。

「……朋さん？」

名を呼ばれ、飴屋は肩をすくめた。成田と成田の祖父もこちらを見る。

男は昔の仲間で、飴屋と拓人がかわいがっていた滝井《たきい》という後輩だった。拓人と飴屋のコンビを熱烈に崇拝していたぶん、裏切られた気持ちが強かったのだろう。のばらとの結婚を告げたとき、飴屋の額にナイフでバツ印をつけたのがこの滝井だった。

「地元から逃げたと思ったら、こんなとこにかくれてたんですか」

「別にかくれてはいねえけどな」

滝井は飴屋と手をつないでいる論に視線を移した。

「それ……拓人さん裏切ってこしらえたガキ？」

滝井の言葉に、成田や成田の祖父が眉をひそめた。悪意がにじみ出るような目つきから論をかくすように前に立ちはだかったとき、のばらが戻ってきた。

「論、みんな更衣室に着替えにいったわよ。あんたも――」

のばらは途中で言葉を切った。

「……滝井くん？」

「のばら、いいから論着替えさせてやれ」

飴屋が言うと、のばらは滝井を気にしながらもうなずき、論を抱き上げて足早に立ち去っていった。滝井は冷たい目でそれを見送ると、のろのろと視線を戻した。

「……ふうん、嫁と一緒にガキの試合観戦か。ラブラブですね。親友裏切って陰でこそこそつきあって、ガキこしらえて、拓人さんが死んでも自分たちだけは幸せ満喫か」

滝井は無表情にぼそぼそとつぶやくと、

「クソ野郎が」

と吐き捨てて立ち去った。そのあと滝井が所属する道場の師範代がきて、成田の祖父に詫《わ》びを入れた。成田の祖父は厳しい表情を崩さなかった。

「なんじゃい、あの無礼もんは」

「申し訳ありません。断れない筋からのあずかりでして、たいがいは上の顔を立てておとなしいもんなんですが、あいつは態度が悪すぎてうちでも扱い兼ねてる状況です」

「どこからのあずかりだろうが、自分とこの道場生ならしっかり仕込んでおかんか。心構えのなっとらんもんを試合に出すなど言語道断じゃあ」

厳しい一喝に、相手の師範代は深く頭を下げた。

「断れない筋ってなんだ」

小声で成田に問うと、ヤクザだよと返ってきた。成田たちの流派はその筋からのご贔屓《ひいき》が多く、兄貴分から道場に放り込まれる舎弟がたまにいるらしい。

「さっきのやつ、昔の仲間?」

「……まあな」

うなずいてはみたものの、自分が知っている滝井はあんな荒れた目をしていなかった。滝井は地元では名の知れた病院の三男で、両親はできのいい兄たちばかりかわいがり、家の中に滝井の居場所はなかった。キレると手がつけられないところもあったが、拓人や飴屋には本当に懐いていて、ふたりが実の兄貴だったらいいのにといつも言っていた。

そんな滝井を裏切る形になってしまったことを、飴屋はずっと気にしていた。額にうっすら残る傷跡を見るたび、滝井はどうしているだろうと思い出していたが、七年も経つのに滝井の自分への怒りは少しも薄れていなかった。それどころか増しているように思えた。

「大丈夫?」

成田が気遣うように聞いてくる。

「ああ、なんか嫌な空気にしちまって悪かったな」

「気にしなくていいよ」

それよりも、と成田が深くのぞき込んでくる。

「少し痩《や》せたんじゃない？」

不意打ちの距離にどきりとした。

「ちゃんと飯食ってる？」

「食ってるよ。ガキじゃあるまいし心配すんな」

さりげなく視線を下げた。この期に及んで胸がさわぐのが後ろめたい。

「さっきののばらさんの話だけど、引っ越しの――」

「それはうちの問題だから」

「でも――」

「悪い。論が気になるから行くわ」

逃げるように踵を返した。背中に視線を感じる。のばらも成田も大人の対応をしていたのに、自分の対応の拙さが恥ずかしかった。

頭を冷やすために自動販売機の横で煙草を吸っていると、焦った様子であたりを見回しているのばらを見つけた。声をかけると、一目散にこちらに駈けてくる。

「朋さん、論は？」

「あ？　おまえが更衣室に連れていったんだろう」

「いないの。更衣室には論だけが入って、あたしは外で待ってて、でもなかなか出てこないからどうしたんだろうと思って迎えに行ったんだけど、どこにもいなくて……」

「携帯は？」

「つながらない。論の友達に聞いたら更衣室で大人の男の人としゃべってたって言うの。その子は着替え終わって先に出てきたから、論が出てきたかどうかは知らないって」

「大人って誰だよ」

「わからない。他のママが更衣室は裏にも出口があるからそっちから出たんじゃないかって言われてさがしてるんだけど……。どこにもいないのよ」

のばらが泣きそうに顔をゆがめる。とにかく落ち着けと言い聞かせていると、飴屋の携帯が鳴った。画面には論と出ていてホッとした。

「もしもし、論か。おまえどこいるんだ。お母さん心配してんだろうが」

『ごめんね、お父さん』

答えた低い大人の声に、飴屋は眉根を寄せた。

「……滝井？」

問うと、滝井は電話の向こうで低く笑った。

『さっきはどうも』

「なんでおまえが論の携帯持ってんだよ」

隣でのばらが顔色を変えている。大丈夫だからと目で言い聞かせた。

『なんでですかねえ』

滝井がおかしそうにつぶやく。飴屋は携帯をきつくにぎりしめた。

「ふざけんな。今すぐ論返せ」

『朋さんが迎えにきてください。ひとりで、誰にも言わずに』

「……警察に通報されたいのか」

『ああ、俺は別にいいですよ。その代わり、このガキどうなるか保証しませんけど。ねえ論ちゃん、なにかしゃべって』

滝井がなにかしたのか、電話越しにうわーんと論の泣き声が聞こえた。

「わかった、ひとりで行くから場所教えろ！」

滝井が住所を告げ、電話は一方的に切れてしまった。

「……朋さん、論は？　あいつ論をどうしたの？」

のばらが震えながら聞いてくる。

「大丈夫だ。俺が迎えにいってくる」

「あたしも行く」

「ダメだ。俺ひとりでこいって言われてる。今の滝井はよくわかんねえ。俺らが下手な動きしたら論になにされるか。警察にも他のやつにも絶対言うな」

「そんなのダメよ。朋さんにまでなにかあったら」

「心配すんなって。あいつは元々俺らの仲間なんだ。ちゃんと話したらわかってくれる。けど万が一、夜になっても俺から連絡がなかったら、そのときは警察に電話しろ」

滝井から教えられた住所をのばらに伝え、飴屋は会場をあとにした。


タクシーを降りると、滝井から言われたグリーンハイツというマンションが見えた。昔は薄いグリーンに塗られていたんだろう外壁は、長年の風雨でくすんだ灰緑色になっている。三階の部屋のチャイムを押す。しばらく待つとドアが開いて滝井が顔を見せた。

「ひとりですか?」

「そうしろって言われたからな」

肩をすくめると、滝井は口端を歪めて笑った。

「朋さんは平気な顔で人を裏切るからなあ」

滝井は首だけを出し、あたりを確認してから飴屋を招き入れた。汚れてくたびれた靴が散らばった玄関。滝井のあとをついて奥の部屋に入り、飴屋は目を見開いた。

論は後ろ手にしばられ、ガムテープで口をふさがれた状態で部屋の隅に座らされていた。飴屋を見て、うーうーとうなりながら足をばたつかせる。近づこうとしたが、それより先に滝井が論の顔の前にナイフをかざし、飴屋は身動きできなくなった。

「……おい、やめろ。子供だぞ」

額を切られたときのことを思い出し、ぶわりと冷や汗が出た。

「朋さんがおかしなことをしなかったら、俺もなにもしないよ」

「わかった。なにもしないからナイフはやめてくれ。それとガムテープも取ってくれ」

「子供の声は響くから」

「泣いてるから鼻が詰まってんだ。口までふさがれたら息ができねえ」

滝井はちらっと論を見た。論は息苦しさで顔を真っ赤に染めている。

「滝井、頼む。このとおりだ」

怒りをこらえてお願いすると、滝井はわずかに表情をゆるめた。ナイフを下ろし、論の口からガムテームをはがした。論がぷはっと大きく息をした。

「論、大丈夫だ。お父さんここにいるから、少しの間声出さないでいられるな？」

論は肩で呼吸を繰り返し、涙ぐみながらもしっかりうなずいた。滝井は論のすぐ横にあぐらで座り、飴屋も染みのついた絨毯《じゅうたん》に腰を下ろした。

向かい合ってはみたものの、こんな状況で会話がはずむわけもない。誰もなにも話さず沈黙だけが空気を重くする中、論が緊張に耐えられずに泣きだした。声を出さないよう、必死でこらえているものの、うっ、ぐっと息がもれるのが痛々しい。

なにもしてやれずに奥歯をかみしめていると、滝井が手を伸ばした。論がびくりと震え、飴屋も身構えた。しかし滝井はテレビのリモコンを取った。映ったのはニュース番組で、滝井はチャンネルを変えてアニメが映ったところで止めた。

ずっと泣いていた論が、ちらっとそちらを見た。滝井は論のためにアニメにしてくれた。ナイフを突きつけたかと思えば、妙なところで優しさを見せる。わけがわからないが、滝井自身も混乱しているのかもしれないと気づいた。

「……おまえ、なんでこんなことしてんだよ」

問うと、滝井がこちらを見た。

「今さら理由を聞くんですか？」

今さらだからだ。七年も経っているのに——とは言えなかった。

目だけを動かして室内を眺めてみる。ビールの缶や食べ物の空容器。吸い殻が山になった灰皿。怪しげなケミカルシート。長い間開けられていないくすんだ色のカーテン。滝井が荒《すさ》んだ暮らしをしていることがわかる。

「なにジロジロ見てんだよ」

滝井の口調が鋭くなった。

「同情しただろう、今」

「してねえよ。なあ滝井、俺は——」

「誰のせいでこんなことになったと思ってんだ！」

滝井がいきなり声を荒らげ、論がびくりと震えた。

「あんたが地元を出てったあと、俺らがどんな思いしたかわかってんのか。リーダーふたりが女のことでもめて、ひとりは死んで、ひとりは女と逃げて、残った連中みんな他のチームからいい笑いもんだよ。あんな最低男の下でよくやってたなって馬鹿にされまくって」

滝井は悔しそうに顔を歪めた。

「あんたのことはもう見限った。けど拓人さんをコケにされるのは我慢ならなかった。ひでえ喧嘩になって俺も何度かパクられて、最後は県外の自立支援施設に送られたんだよ。あんたも知ってるだろう。うちの親は俺のことなんか元々いらなかったんだから」

滝井が送られた施設は自立支援とは名ばかりの、看守のような指導員と自由などほとんどない規則で埋め尽くされた刑務所のようなところだった。ここから出せと親に訴えたが、返事はなかった。見捨てられたのだと思った。滝井は一年もたずにそこを逃げ出したが、連れ戻されることがわかっていたので家には帰らなかった。

「十八やそこらで世間に放り出された俺の気持ちがあんたにわかるのかよ」

怒りの目を向けられ、飴屋は首をかしげた。

「……わかる、と思うけどな」

「ああ？」

「俺も十八で援助なしで親許を離れた。のばらは十七だ」

「一緒にすんな！」

滝井はテーブルの空缶をなぎ払った。

「あんたには女もガキもいただろう。俺には誰もいなかったんだ。唯一信用してたあんたたちにも裏切られて、誰も信じられなくなって、気づいたらチンピラ扱いだ」

いらいらと髪をかき回す滝井に、飴屋は首をかしげた。

みんなそんなに思いどおりの人生を送っていないし、しんどい思いをしながら生きている。そんなことは滝井だってわかっている。けれど落ちた穴の底でもがいているときは、すべてのことから耳をふさぎたくなる気持ちはわかる。

自分も思いどおりになんて生きていない。のばらや論に愛情はあるけれど、それは滝井が思っているものとは違う。たまに嵐みたいなむしゃくしゃに襲われて、適当に男と寝て憂さを晴らしてまた日常に戻る。くだらないことだとわかっているのにやめられない。

のばらもそうだ。惚れた男が兄だった。それを亡くした。なんの罪もない論に、とんでもなく重い荷物を背負わせたことをずっと苦しんでいる。当事者の論は言うまでもない。論は自分の父親が誰なのか知ることなく育っていく。それは無自覚の不幸だ。

「……そんな目で見るなよ」

滝井がつぶやいた。

「そんな憐《あわ》れむみたいな目で見るなよ」

「見てねえよ」

「朋さん、俺のこと馬鹿なやつだって思ってんだろう。こいつ、いつまで昔のこと引きずってんだって。かわいそうなやつだって思ってんだろう」

「思ってねえよ。俺とおまえは似てる」

「どこが」

「色んなことがうまくいかなくて、ストレスたまって、解放されたいってむしゃくしゃする気持ちはわかるんだよ。おまえだけじゃない。俺や他の連中も一緒だ」

しかし滝井は首を横に振った。

「朋さんが俺と一緒なんて嘘だ。朋さんはいつも恰好よかったじゃないか。みんなに慕われてて、俺なんかとは全然違う。俺はめちゃくちゃ朋さんと拓人さんに憧《あこが》れてた。だから裏切られたことが許せなかったんだ。あんたのこと一生許せないと思ったけど……」

「滝井？」

「……あとで、あんなことしなきゃよかったって後悔した」

しかられた子供みたいにうなだれる。今の滝井は飴屋がよく知っている滝井だった。高校生のころ、キレやすいが拓人と自分には素直だった後輩の顔をしている。

「傷のことなら、俺はなんも思ってねえよ」

「……朋さん」

「おまえさえよかったら近くにこいよ。やる気あるなら、仕事もうちの会社紹介してやる。大工やってんだよ。きついけど楽しいぞ」

「…………無理だよ。今までなにしても続かなかったし」

「大丈夫だ。うちの社長いい人だぞ。髪薄いし腹出てるけど」

冗談ぽく笑いかけると、滝井は笑うのか泣くのか、中途半端な顔をした。なんとか説得されてほしい。滝井だって本心ではこんなことをしたくないのだ。それに論――。論はぐっと歯を食いしばってこちらを見ている。涙は引っ込んでいるが顔は泣きそうなままだ。

「なあ滝井、先に論だけでも離してやってくれないか」

滝井がぴくりと肩を揺らした。

「……やっぱり子供のため？」

「え？」

「子供を助けるために、適当なこと言って俺を油断させようとしてんの？」

「なに言ってんだよ」

しかし滝井は猛烈に頭を振り出した。嘘だとか、信じられないとつぶやきながら、いきなり顔を上げると、餡屋の胸ぐらをつかみ上げて床に押し倒した。

「朋さんは優しい顔で平気で嘘をつくから信用できない」

首に手がかかり、ぐっと力がこもる。

「昔も信用して馬鹿を見た。また俺をだまそうとしてるんだ」

どんどん力がこもる。マウントされているのでひっくり返せない。苦しい。

「おとうさん！」

論の声に重なって、玄関ドアが激しく叩かれた。

「飴屋さん！　論！　いるなら返事しろ！」

成田の声だった。驚いた滝井の手から力が抜けた。その一瞬をつき、上半身を持ち上げて滝井を振りほどいた。逆に上から押さえつけ、部屋の隅で震えていた論を振り返る。

「論、逃げろ！」

「お、おとうさんは？」

「いいから早く！　成田がいるから玄関の鍵《かぎ》開けろ！」

「は、はい……っ」

論は泣きべそをかきながらうなずき、後ろ手にしばられたまま立ち上がって走り出した。飴屋に押さえつけられたまま滝井が論の足をつかんだ。論が転ぶ。飴屋は力ずくで滝井の腕を引っぺがしたが、バランスを崩して再びマウントを取られた。

「なんだよ、くそっ、やっぱひとりできたなんて嘘ばっかじゃねえか。俺のことなんか簡単に切るんじゃねえか。この嘘つき野郎、最低野郎！」

喚《わめ》き散らしながら、滝井の顔は泣きそうに歪んでいて、七年前のことを思い出した。飴屋の額にナイフでバツの傷をつけながら、やっぱり滝井はこんな顔をしていた。

真上から拳が降ってくる。腕を交差させて防いだが、二発目のフックで頭を揺らされた。衝撃でぐるっと目が回る。遠くで誰かの声がする。論は逃げられたのか。わからない。

——拓人、早くきてくれよ。

反射だけで上からの打撃を防ぎながら、心の中で拓人を呼んでいた。ピンチのときは、いつも拓人がきてくれた。自分を助けてくれるのは拓人だけで、拓人を助けられるのも自分だけだった。でも、もう拓人はいない。少しずつ意識が遠のいていく。

「飴屋さん！」

ふいに腹の上から重みが消えた。

開けた視界の向こうにいたのは、拓人ではなく成田だった。

無軌道に振り回される滝井の拳をすいすいと余裕でよけると、成田は背後に回って滝井の首をしめあげた。完璧《かんぺき》なホールドを決められたあと、滝井の身体がだらりと弛緩《しかん》した。格闘技でいう『落とされた』というやつだ。わずか数秒の出来事だった。

「飴屋さん、しっかり！」

「……おー……、ギリギリ助かったわ」

抱き起こされて、余裕を見せたくて笑うと口元が痛んだ。防御していたが、何発かはヒットしていた。最中は気づかなかった。安心したら力が抜けていく。

「おとうさん、おとうさん」

すぐ近くで論が泣いている。

「朋さん、朋さん」

こっちはのばらだ。ふたりとも声が高いから耳がキンキンする。うっせーよと顔をしかめると、ふたりはぴたりと呼ぶのをやめた。

「飴屋さん、すぐ病院連れてくから。あ、その前にこいつ起こさないと」

成田は滝井を抱き起こし、背中に拳をぶつけて目を覚まさせた。すぐには動けない滝井をにらみつけ、警察呼ぶからなと携帯を出した。滝井はうなだれたまま答えない。

「待ってくれ」

飴屋の言葉に成田が振り向いた。

「そいつ、見逃してやってくれ」

成田だけではなく、滝井も驚いたように顔を上げた。

「なに言ってんだよ。またこんなことがあったらどうするんだ」

「いや、まあ、そうなんだけど……」

しかし警察に行って解決することとしないことがある。飴屋の首をしめながら、滝井は泣きそうな顔をしていた。信じたいのに信じられない。こんなことはしたくないという声が聞こえた気がした。昔、自分は滝井を傷つけた。事情があったし、そんなのは滝井の甘えだと切ることもできるけれど、そうしたら滝井はもっと深い場所に落ちていくだけだ。

飴屋はなんとか立ち上がり、滝井の前にしゃがみ込んだ。

「滝井、こんなこと、もうしねえよな？」

十代のころのようなヤンキー座りで問うと、滝井は顔を歪めた。

「……ここまでのことされて、朋さん、馬鹿じゃないすか？」

「いいから、もうしねえって言えよ」

滝井の目をまっすぐ見て言った。

「そしたら少しは楽になるから」

滝井の目が揺れた。じっと目を合わせていると、滝井の表情が徐々に崩れていく。

「……なんだよ」

うなだれて、滝井はぽつりとつぶやいた。

「……裏切り者のくせに、なんで朋さんは昔のままなんだよ」

最後はしゃくりあげはじめた滝井の頭をなでてやった。とりあえずおさまったか。安堵《あんど》の息を吐いたと同時、飴屋はずるりと滝井の肩にもたれかかった。

「と、朋さん？」

滝井が飴屋の肩を揺さぶる。こめかみを殴られた衝撃が残っているのか、くるくる視界が回る。立てそうにない。いい場面なのに決まらないなと腐っていると、脇から腕を入れられ、身体を持ち上げられた。目を開けなくてもわかる。この腕は——。

「……成田、悪い」

「いいから、もうしゃべるなよ」

子供にするように叱りつけられ、どうしようもなく力が抜けていった。久しぶりに思い出す感覚だった。ピンチのときに駈けつけてくれるのはいつも拓人だった。でももう違う。今の自分を安心させてくれるのは、いつの間にかこの腕になっていた。


病院に着くころには眩暈《めまい》はおさまっていたが、念のために脳波をとられ、切った口元も手当てしてもらった。休日でひとけのないロビーに戻ると、のばらと論、成田とその祖父が待っていた。成田たちに助けを求めたのはもちろんのばらだった。

「知らない人についていっちゃダメって、お母さんいつも言ってたでしょう?」

のばらは説教の真っ最中で、論は口を真一文字に引き結んでいる。抗戦の構えだが、今回はさすがに庇《かば》ってやれない。しかしこんなことになった原因は過去の自分にあるので叱ることもできない。どうしたものかと考えていると、論が口を開いた。

「……だって、おとうさんとおかあさんを仲直りさせてあげるって言われたから」

「え?」

のばらが怪訝そうに眉をひそめる。飴屋も首をかしげた。

「着替えてたら、あのおじさんに『優しいおとうさんとおかあさんでいいな』って話しかけられたんだもん。うんって返事したけど、そしたら『すごく幸せで毎日楽しいんだろうな』って言われて、でも俺は楽しくなかったから、よくわからないって言った」

「え、なんで？　なんで楽しくないの？」

のばらが慌ててしゃがみこみ、論と目線を合わせる。

「……だって、おかあさんが引っ越しするって言ったから」

「え？」

「おとうさんとおかあさんは優しくないのかって聞かれたから、優しいけど今は喧嘩してるって言ったら、俺はおとうさんとおかあさんのお友達だから仲直りさせてあげようかって言われた。だからついていった。あのおじさんはおとうさんとも話してたから、だから知らない人じゃないって思ったから、俺、おとうさんとおかあさん仲直りしてほしかったから……」

論の目にじわじわと涙がたまり、怒ったようにのばらを見上げた。

「俺、引っ越しするのやだ！　おとうさんと離れ離れになるのいや！　道場もずっと行きたい！　おじいちゃんや先生や学校の友達とさよならしたくない！」

論はついに声を上げて泣きだしてしまった。

のばらは呆然《ぼうぜん》としたあと、ごめんっ、と慌てて論を抱きしめた。

「ご、ごめんね、論、心配してたんだね。ごめん、でも、でも、お母さんも……」

途中でのばらも声を詰まらせてしまった。子供と女が泣いている姿は男を崖っぷちに追い詰める。おろおろする飴屋と成田を尻目《しりめ》に、成田の祖父がのばらの肩をぽんぽんと叩いた。

「お母さんが子供の前で泣いてはいかん」

「……す、すみません」

のばらはぐすっと洟《はな》をすすった。

「論はわしが見ておくから、少し旦那さんと話をしたほうがええ」

成田の祖父はよっこらしょと論を抱き上げた。

「論もそんな泣かんでええ」

「……おじいちゃん」

論は祖父にしがみついてまた泣きだし、大丈夫、大丈夫と祖父は論の小さな背中をなだめるように叩きながら向こうへ歩いていく。成田もついていこうとするが、

「先生はここにいて。一緒に話を聞いてほしい」

のばらが呼び止めた。

「え、でも」

成田がのばらと飴屋を見比べる。祖父も怪訝そうにこちらを見たが、ただならぬ空気を察したのか、残ってやれと成田に言い置いて行ってしまった。この修羅場から論を連れ出してくれただけでも助かったが、残ったのはこれ以上なく緊迫した沈黙だった。一秒ごとに沈黙が重み

を増していくようで、飴屋はのばらに向き合った。

「おまえ、今度の休みに新しい部屋見にいくって本当か？」

のばらが驚いたように目を見開く。

「おまえがベランダで話してたの、論が聞いてたんだよ。もう小一だから、大人の話すこともある程度わかってんだ」

「……ごめんなさい」

らしくない消え入りそうな声で謝られ、こちらまでやるせなくなった。

「いや、まあ、こんなことになったのも全部俺のせいだ。おまえも腹に据えかねてんだろうけど、頼むから今回だけは勘弁してくれねえかな。成田とのことは本当に反省してる。あんなことは二度としない。俺が大事なのはおまえと論だ。それより優先するもんなんかねえ」

のばらはますます難しい顔をする。

「……あたしはそういうんじゃなくて」

「怒る気持ちはわかる。けどここは論の気持ちを一番に考えてやってくれよ。小学校入って友達もできて、爺さんにだってあんなになついてんのにかわいそうじゃねえか」

のばらが唇をかんでうつむく。納得していないのが伝わってくる。

「仕事のこともちょっと考えろよ。仕事して学校行って、ひとりでガキ育てるなんて無理なんだって。論がさびしい思いするってのもあるけど、その前におまえの身体がもたねえよ。そりゃあ惚れてもいない男と住むのは嫌だろうけど」

「そんなんじゃなくて」

「無理に同居しろとは言わねえよ。せめて生活費だけでも受け取って――」

「だから、そういうのがもう嫌なんだってば！」

耐えかねたようにのばらが声を荒らげた。

「なにからなにまで朋さんに頼って、そういうのがもう嫌なの。七年前に籍入れてくれたときからずっとダメだって思ってた。でもあたしひとりじゃどうしようもできなくて、ダメだってわかってるのに朋さんに頼りっぱなしで、心の中でずっと悪いと思ってた」

飴屋はぽかんとした。

「……おまえ、今さらなに言ってんだ。いや、おまえの性格なら気にするのはわかる。わかるけど、俺は俺で納得して今の生活してんだぞ」

「でも朋さん、先生のこと好きなんでしょう？」

不意打ちだったので動揺した。

「そんなことねえよ」

そう言う自分の隣には成田がいる。本当にひどい状況だ。

「嘘ついてもわかるから。先生と出会ってから朋さん変わった。ううん、違う。昔、拓人といたときの朋さんに戻った。ずっと頼りがいのある旦那やお父さんの顔してたけど、元々朋さん、そういうタイプじゃなかったじゃない。もっと気ままでふわってしてて……」

のばらは成田を見た。

「先生も朋さんのこと好きなんでしょう?」

ストレートな問いに、成田はなにも答えなかった。

「お互い好きなのに別れるなんて馬鹿みたいじゃない」

「のばらさん、俺は――」

成田がなにか言いかけたが、聞いて、とのばらがさえぎった。

「あたしは拓人が大好きだった。拓人があたしのお兄ちゃんだってわかってても、世界中の人から間違ってるって言われても、あたしは拓人とずっと一緒にいたかった。拓人がいればそれでよかった。でも死んじゃった。いくら好きでも、もう一緒にいられないの。でも朋さんも先生も生きてるじゃない。わざわざ別れるなんて悲しい思いしなくてもいいじゃない」

のばらは乱暴に目元をぬぐった。

「あたしが論を産めたのは朋さんのおかげなの。お金のことだけじゃなくて、血が近すぎると異常が出ることがあるって本で読んで、すごく不安で、でも朋さんが大丈夫だって言ってくれた。もしそういう子でも、拓人の子供なんだから一緒に育てようって言ってくれた。だからあたしは論を産めたの。ひとりだったら怖くてどうしていいかわからなかった」

「……のばらさん」

「朋さんには感謝してるの。拓人とは違う意味で大好きなの。論はあたしの命だけど、そのためにこれ以上朋さんを犠牲にするのは、もうあたしが苦しいの。あたしは自分のことより朋さんに幸せになってほしいの。だからこれ以上は本当にもう嫌なの」

鼻の頭を真っ赤にして、こぼれる涙を懸命にぬぐうのばらを、飴屋は呆然と見つめた。今までのばらのため、論のためと自分を奮い立たせてきたけれど——。

「のばら、いや、でもよ……」

けれど実際、女ひとりで子供を育てていくのは大変なのだ。のばらの気持ちはわかるが、そのために論に不自由な思いをさせるのは違う気がする。どうしたらいいのかわからない。いい年した大人三人で途方に暮れていると、背後で溜息が聞こえた。

振り向くと成田の祖父が立っていて、三人ともがぎょっとした。

「論が向こうのソファで寝てしまってな。色々あって疲れたんじゃろうが、ここじゃ寒くて風邪をひいてしまうかもしれん。先に家に連れて帰っていいか聞きにきたんじゃが……」

「すみません、すぐに引き取ります」

飴屋が言う。成田の祖父はどこから聞いていたんだろう。

「話が途中なんじゃろう」

「いえ、また今度話し合いますから」

「今度ではいかん」

祖父はきっぱりと言った。

「のばらちゃんは正直に気持ちを打ち明けた。なら、あんたも正直にならんといかん」

強い視線に射られ、飴屋は思わず目を伏せた。

「清玄、おまえもじゃあ」

成田の祖父は、自分の孫にも視線を向けた。

「おまえ、女が愛せんのか」

ストレートすぎる問いに成田は引きつり、しかし覚悟を決めたようにうなずいた。

「それで、のばらちゃんの旦那とそういうことになっとるんか」

「……うん」

正直な答えに、成田の祖父はがくりと肩を落とした。誰もなにも言わない。身の置きどころがないとはこういうことを言うのだ。長い沈黙のあと、祖父が成田に言った。

「清玄、おまえはもう家から出ていけ」

飴屋とのばらは目を見開いた。

「ちょ、爺さん、待ってくれよ。こいつはなにも悪くなくて——」

飴屋の抗議を無視し、成田の祖父は続けた。

「代わりに、のばらちゃんと論がうちへくればええ」

「……え？」

全員がまばたきをした。

「のばらちゃんが仕事や学校に行っとる間、わしが論の面倒を見る。家賃はいらん。のばらちゃんも助かるし、論は学校も道場も変わらんでええし、家が近いから今までどおりお父さんとも好きなときに会える。わしも論と暮らせて寿命が延びる。ええことだらけじゃあ」

「ダ、ダメです。そんなこと」

焦るのばらに祖父がやんわりと首を振る。

「意地を張ることでしか立たんもんもあるが、今はそういうときでもないじゃろ。なにより子供は自分で自分の環境を選べんからのう。その分、大人がしっかり考えてやらんといかん。わしは迷惑でもなんでもない」

うつむくのばらの肩を、ゆっくり考えればええからと成田の祖父が優しく叩く。そのとき向こうのほうから、おじいちゃーんと論の頼りない声がした。

「おお、いかん、論が起きよった」

「あ、あたしが行きます」

のばらが目元をふいて駆け出していき、今度は男三人が残された。

「お騒がせしてすみませんでした」

飴屋が頭を下げると、成田の祖父がいやいやと頭を振った。

「詳しいことはわからんが、今まであんたも相当がんばってきたんじゃろう。血のつながらん子を育てるなんてなかなかできるもんじゃない。のばらちゃんとふたり、若いのにようやってきた。このあたりでそろそろ誰かの手を借りても罰は当たらんて」

目を細める成田の祖父に、飴屋は黙ってもう一度頭を下げた。

「祖父ちゃん、ありがとう。俺からも礼を言う」

頭を下げる成田に、しかし祖父は今度は顔をしかめた。

「今まで集めた釣書を思うと、自分がマヌケに思えるわ」

「ごめん。どうしても言い出せなくて」

「悪いことをしているわけでもないのに、謝らんでええわい。おまえはおまえで、言い出せんつらさもあったじゃろう。今までこらえたぶん、おまえはこれから好きに生きればええ。おまえがなにをしようが、わしの孫なことに変わりはないわ」

「……祖父ちゃん」

成田が泣きそうな顔をしたが、ぎゅっと目をつぶってやりすごし、ありがとうと笑った。こんな身内が自分たちにもいれば——と素直にうらやましく思えた。

「あの、この子なんだか熱があるみたいだから早めに帰ります」

のばらが論を抱いて戻ってきた。額に手を当てると確かに熱かった。

「車、出すよ」

成田が言うが、のばらは首を横に振った。

「タクシーでいいわ。先生は朋さんとこれからの話をして」

のばらは成田の祖父に向き合い、明日、改めてご連絡しますと告げた。目は赤いが妙にすっきりとした顔をしていて、ああ、決めたんだなとわかった。成田の祖父はうむとうなずき、わしも疲れたから先に帰るわいとのばらと行ってしまった。

ひとけのないロビーに今度こそふたりで残され、なんとなく顔を見合わせた。話し合わなければいけないことは山ほどあるけれど、まずは謝るのが先だった。

「迷惑かけて悪かった」

頭を下げた。そのまま沈黙が続く。

「飴屋さん」

顔を上げると、ぱちんと頬をぶたれた。

「迷惑はかけてもいい。でも心配はさせないでほしい」

いつも穏やかな成田が、今はひどく怖い顔をしている。

「飴屋さんは、のばらさんのこと言えないからな。なんでもひとりでできると思うなよ。あんたがひとりで論を助けにいったって聞かされたときの俺の気持ちを想像してくれ。なんで俺に頼らないんだ。今度そんな考えなしなことしたら殴るからな」

「もう殴ったじゃねえか」

「今度はグーで殴る」

成田が拳をにぎりこむ。でかい石みたいで飴屋は笑った。

「おまえの拳で殴られたら死ぬわ」

「その前に心配で俺が死ぬ」

成田はいきなり飴屋の腕をつかんだ。

「あ、おい、ちょっと」

ぐいぐいと階段の陰になっているところまで引っ張っていかれ、強く抱きしめられた。

「これからは俺が飴屋さんを支える。ダメだって言っても許さない」

抱きしめる腕に力がこもる。広すぎて余ることもない、せますぎて窮屈なこともない、自分のためにあつらえたような腕の中で飴屋は降参の溜息をついた。

「……よろしく頼む」

そう言うと、いきなりくちづけられた。

ふれて、離れて、もう一度ふれる。

幾度もそれを繰り返し、名残惜しそうに唇が離れていく。

「……今日は帰したくない」

「そりゃさすがにまずい」

「なんで」

成田が不満そうに唇をとがらせる。

「今夜帰らなかったら、どう考えてもやったと思われるだろ」

「それがなに？」

「そんな恥ずかしいことができるか」

成田はまじまじと飴屋を見た。

「会ったその日にバーの個室でしようとした人の言葉とは思えない」

飴屋は言葉に詰まった。

「あのときと今じゃ違う」

「なにが」

「状況も、気持ちも」

言葉にすると自覚が強まり、じわりと顔に熱が集まった。

「今、どんな気持ちなの？」

成田は嬉しそうに問いかけてくる。

「知らねえよ」

ふんと顔を背けた。ストレス発散ならどんな大胆なことでもやれたのに、今はもう違ってしまった。気持ちが入るとこれほど気恥ずかしいものなのか。成田がじっと見ている。それも妙に照れくさく、目を合わせられないでいると再び手を取られた。

「やっぱりダメだ」

飴屋の手を引いて、成田は今度は出口へと歩いていく。

「な、なにがダメなんだよ？」

「二時間で帰すから」

駐車場まで引っ張られ、有無を言わさず車に放り込まれた。


ホテルの部屋に入ったと同時、待ちきれないように抱きしめられ、最後のためらいも吹き飛んだ。女相手なら痕《あと》が残るんじゃないかと思うほど強い抱擁に、逆に今まで引きしめていた気持ちをぱらぱらとほどかれていく。

下着の中に手が入ってくる。性急で乱暴な動きが成田らしくない。そのらしくなさに煽《あお》られる。強く欲されている感じが伝わって、ふれられた場所は期待ですぐ形を変えていく。

「……んっ」

大きな手でもむように性器を刺激され、はじまったばかりの行為に身体と一緒に気持ちも昂《たか》ぶる。アルコールで酔っぱらっているみたいにぼうっとする。

――やべえ、こんなの初めてかも……。

全身がうっすら汗ばみ、成田の手がぬるりと滑りだす。

「すごい、もうこぼれてきた」

荒い息で耳元にささやかれた。嬉しそうなのが癪《しゃく》にさわる。快感には抗《あらが》えないのが男の身体だが、それ以上に今の自分はこらえ性がない。自分をこんな風にする男が憎らしく、悔し紛れで腰を自分から押しつけた。

「全然、足りねえよ」

半ギレで言い返すと、成田の手の動きが激しくなった。短い声がもれる。信じられない速さで限界がやってくる。墜落じみた感覚が怖くて成田にしがみついた。

「足りた?」

「……くそっ」

窮屈な下着の中、成田の手の中で達した。じわじわと緊張がほどけて、くったりと後ろの壁に背中をあずけていると、武骨な指が性器の付け根をなぞりだす。もどかしい感覚に腰がよじれる。手はどんどん奥へともぐっていき、きつく閉じた場所をさぐりだす。

「……っ、ふ」

飴屋が放ったものを潤滑油にして指が入ってくる。くちゅりと音が立つ。濡れた下着が気持ち悪い。身体の内側では燃えるような熱が生まれている。そこはもう受け入れる快感を知っていて、男性本来の射精だけでは満足できなくなっている。

成田の指が的確に弱い場所をさがし当てる。やんわりと圧迫され、びくりと腰がはねた。二本目がもぐりこんできて、せまい場所を広げるような動きを繰り返す。

「もう……、いいから早く」

成田の肩に顔を伏せて訴えた。息が熱くて湿り気を帯びている。ひどく興奮していて、互いの周りだけ一、二度温度が高いように感じる。後ろはもう三本目をくわえこんでいる。

「まだきついよ」

言いながら弱い場所をこすられ、微弱な電流を流されたように足先まで痺れた。これでは指でいかされてしまいそうだ。息を乱しながら、成田のファスナーを下ろして張り詰めたものを取りだした。驚くほど先走りをこぼしているそれを根元からしごきあげる。

「飴屋さん、それ、やばい」

成田が苦しげに眉根を寄せる。

「だったら早く。これだけ濡れてたら入るだろ」

そそのかすように甘ったるく首筋にくちづけると指が抜かれ、いきなり下着ごとパンツをずり下げられた。強引に身体を裏返され、壁に手をつく恰好になった。

「あとで痛くなっても知らないからな」

怒ったように言い、背後から成田が挑んでくる。ぬるついた先端をなじませるようにこすりつけられ、期待感にぞくりとした。圧力をかけられ、徐々に中心が拓かれていく。

「……っ、ん、あ……っ」

ゆっくり埋め込まれる感覚に溜息がもれた。余裕を失っているかのように見えたが、急がずに時間をかけてつなげてくる。ほんの少しの息苦しさがあるだけで、圧倒的に快感が勝っている。どうしよう。信じられないほど気持ちいい。

成田が進むのをやめ、根元まで沈められたことがわかった。すぐには動かずに、互いの身体がなじむのを待ってくれている。わかっているのに、今は気遣いがもどかしかった。早く動いてほしくて無意識に腰が揺れてしまう。

「……っ、動くなって」

背後から腰をつかまれるが、押さえられると余計につながってる場所が疼《うず》く。

「ちょ、しめるなって。ほんとやば……うっ」

成田がうめいた次の瞬間、最奥に唐突な放出を感じた。思わず振り返りそうになった。まだなにもしてないのにと思ったが――。

「……っ、んう……」

自分の中で成田のものがどくりと脈打ち、そのたび熱いものが流れ込んでくる。たまらない感覚に壁に爪を立てて耐えた。今まで、どんな男にも中出しさせたことはなかった。病気予防もあるが、それ以前にそこまで理性を失うことがなかった。

今は一ミリの理性も残っていない。たった数歩先のベッドに行くまでも待てず、部屋の入り口で立ったままつながった。情緒の欠片もないが、それよりも衝動が優先だ。

「……ごめん、気持ちよすぎた」

はっはっと短く息を吐きながらのつぶやきに愛しさが湧いた。首だけをねじってキスをねだると、顎《あご》をつかまれる。苦しい体勢でのキスの合間に煽るように聞いた。

「これで終わりじゃねえんだろ？」

「当たり前だろ」

背後から大きな手が回り込み、ねだるように蜜《みつ》をこぼしている性器にからみついてくる。

「……っ、今、すごく中がしまった」

反対の手で胸の先をいじりながら、成田が嬉しそうにつぶやく。

「うる……せ、あ、あ……っ」

とがった乳首を転がされ、蜜をこぼす性器をやんわりこすられる。くちゅくちゅといやらしい水音がする。自分の中で、ゆっくりと成田のものが力を取り戻しはじめる。少しずつ増していく圧迫感が気持ちいい。思わず膝を崩すと、力強い腕が支えてくれた。

「……なあ、ベッド連れてけよ」

訴えると、成田がつながりをほどいて飴屋を抱き上げる。ふたりでベッドに倒れ込み、キスをしながら服を脱がせ合った。言葉を紡ぐ余裕もなく、今度は正面から貫かれた。

「あー……、すごい、いい」

見上げる位置から、感に堪えぬつぶやきが降ってくる。甘ったるい声音に反して、ようやく捕まえた獲物を好きに貪《むさぼ》ろうという獣めいた目の色にぞくりと興奮した。

ゆっくりと腰が引かれ、また押し入ってくる。

「……っん、う、あっ」

ぴたりと腰を密着させたまま、熱く潤んだ襞《ひだ》をゆっくりくまなくこすり上げながら、飴屋の感じる場所を探している。一度出したあとなので今度の動きはねちっこい。

「……んうっ」

奥まで入って、じわじわと抜かれる途中にびくりと震えてしまう場所がある。こらえきれずに腰を揺らすと、猛った先端がまた同じ場所をこする。戦慄《せんりつ》に似た快感が肌の下を這《は》い回る。きつく歯を食いしばっても、引きつった声がもれてしまう。

「かわいいから、もっと聞かせて」

「この……野郎」

にらみつけるも、断続的に襲ってくる強い快感に搦《から》め取られて腰砕けになる。希釈しない生《き》のウィスキーみたいに血管中を駆け巡って、芯《しん》からぼんやりさせられる。波みたいなうねりに巻き込まれてわけがわからなくなる。今までのどんな男とも違う。

「……やばい、もう……」

たまらず本音がこぼれる。

「いきそう?」

うなずくと、より深く穿《うが》たれて甘い悲鳴がもれた。舌をからめるキスをしながら、気持ちも身体も揉みくちゃにされる。早すぎる二度目の絶頂がやってくる。

「……っ、ん、あ、あっ」

密着した腹の間で性器が爆《は》ぜる。白濁をこぼす間も抽挿は止まない。最高の快感に頭から足先まで漬けられる。そんな中、いきなり奥まで突き入れられてのけぞった。

「ひ、あ……っ」

深くつながったまま腰を大きく回されて、息も絶え絶えな喘《あえ》ぎがもれる。為す術もなく翻弄《ほんろう》されていると、成田が身体を起こした。飴屋の膝頭をつかんで大きく開かせる。

つながっている場所があますところなく見える体勢に、全身がかっと熱くなった。足を閉じようとしてもそうはさせてもらえず、そのままゆっくりと成田が腰を引いていく。

「ここも真っ赤に充血してる」

蜜にまみれた性器をやんわりとにぎりこまれた。揺さぶりに合わせてしごかれると、腰がよじれるほど気持ちいい。さほど大きくない波がやってくる。普段ならこらえられるそれに身体がおおげさなほど反応した。一瞬息が止まり、軽く達した。三度目なので放たれるものに勢いはなく、水飴みたいにだらしなくとろとろこぼれて成田の動きを助長する。

「……っ、あ、も、休ませ……っ」

快感が身体のあちこちで火花を飛ばしている。

「……も、まじで、おかしくなる……っ」

訴える声すらぐずぐずに蕩《とろ》けて、もうどこにも力が入らない。

「……っ、俺も無理。出すよ」

成田が身体を倒してくる。体重で身動きできないまま、ひどく熱いものが最奥に流れ込んでくる。放出のたびにぐいと深くまで突かれ、たまらない快感が湧く。すべてを放ち終えてもつながりはほどかれないまま、キスをしながらまだまだ揺さぶられる。二度も注ぎ込まれたものを中に塗り込めるような動きに泣きそうになる。

「……も、や、離せ」

「離せるか。二時間しかないのに」

かみつくようなキスで唇を封じられ、餡屋の中で成田が再び存在感を増してくる。

「……ちょ、も、無理、無理だって」

激しさを増していく突き上げに目尻に涙がにじみ出した。

「俺も無理、止まらない」

いつも穏やかで抑制的な男の、これほどままならない表情を初めて見た。受け入れるこっちは死にそうで、なのに、こいつが望むならしかたないという気持ちにさせられる。

くそっと舌打ちをし、成田の首に自分から腕を巻きつけた。

「好きにしやがれ。もう、全部おまえのもんだ」

しっかりと目を合わせて告げた。

成田家への引っ越しはよく晴れた日曜日に行われた。せまいアパートでの暮らししか知らない論は、古いが庭つきの日本家屋で暮らせることが嬉しくてたまらないようだ。

「いっかーい、にかーい、さんかーい、まできるー」

引っ越し作業にいそしむ大人たちを尻目に、論はさっきからずっと縁側の廊下で前転をして遊んでいる。以前から出入りして勝手も知っている上に、大好きなおじいちゃんまでついているということで、引っ越しの話を聞いたときからテンションMAXが続いている。ただひとつ論が不満を唱えたのは、成田が入れ替わりに家を出ていくことだった。

——部屋足りないの？　だったら俺は庭でいいよ。テント張ってそこに住む。

そんな健気《けなげ》なことを言って成田の祖父を感涙させていたが、飴屋は知っている。論は先日アメリカの冒険家のテレビ番組を見て以来、大自然の中でテントを張って暮らすことを夢見ているのだ。しかし成田が出ていくのは、もちろん部屋数の問題ではない。

——どうして先生と一緒に暮らさないのよ。

飴屋のアパートから自転車で十分程度の隣町に成田が部屋を借りたと告げたとき、のばらは怒ったように聞いてきた。しかし飴屋と成田もそこは色々と考えた結果だった。

この先も、論には出生にまつわるあれこれを告げるつもりはない。それを告げても誰も幸せになれない。ただ、そうすると今度は父親がゲイという問題が出てくる。成長にしたがい論が察するときがきたとしても、ショックは小さいほうがいい。まあぶっちゃけ、男同士の同棲《どうせい》は生々しいだろうから、論が二十歳になるまでは別居しておこうとなったのだ。

順を追って説明すると、のばらは納得しかねるように唇をかみしめた。きっとまた申し訳ないと思っているのだ。けれど最後はありがとうと受け入れてくれたので助かった。家族としての形は変わっても、みんなが論を大事に思っていることは変わらない。

先週、小雪がちらつく中、のばらと一緒に市役所に離婚届を出してきた。帰り道の途中で長い間ありがとうございましたと改まって礼を言われ、飴屋は馬鹿かと返した。それを言うなら、これからもよろしくだろうとのばらの小さな頭をこづいた。

——俺はこれからも論の父親のつもりだし、おまえは妹みたいなもんだ。なにかあったら助けるし、なにかなくても身内と同じつきあいを続けていく。

飴屋の言葉に、のばらは泣きそうな顔でうんと笑った。

——惚れた男ができたら一番に俺に紹介しろよ。どんなやつか見てやるから。

——そんなの無理に決まってるでしょ。

——なんで。

——前の旦那に紹介なんてできるわけないじゃない。

——あ、そっか。

しかし自分は拓人のぶんまで、兄代わりでのばらを守る責任がある。ろくでもないやつにのばらを任せるわけにはいかないのだ。どうしようと考えていると、

――あたし、まだ当分拓人だけでいい。

ぶ厚いマフラーに顎先をうずめてのばらは言った。ひどく寒い日で、のばらの指先は名前と同じ綺麗《きれい》な薔薇《ばら》色《いろ》に染まっていて、女を恋愛の対象にはしない自分でも、あのときののばらはひどく美しく映った。

成田と飴屋で大きな荷物の運び込みはすませてしまい、のばらはこまごまとした片づけをしていく。祖父は台所で引っ越し祝いの料理を作り、論は縁側で前転をしたり階段の手すりを滑って頭から落ちたりしていた。にぎやかに一日がすぎていく。

夜は、みんなで引っ越し祝いをした。おかしらつきの大きな鯛《たい》の塩焼きが張り込まれ、論は物珍しそうに指で目玉をつついている。

「やめろ、縁起ものだぞ」

飴屋が止めるのもきかず、

「ブヨブヨしてておもしろーい」

論が笑いながらぐいっと指を押し込んだ瞬間、目玉がぴよんと飛び出すというグロいことになってしまった。自分でやったくせに論は成田の祖父にしがみついて泣きだしてしまい、飴屋はすかさずビデオを回した。泣き顔をアップで撮っていると、撮らないでーと論が嫌がっても

っと泣いたが、まあこれも思い出だ。大人になったとき、ほほえましく見ればいい。

「お爺ちゃん、引っ越しの挨拶ってなに持っていけばいい？」

のばらが成田の祖父に問う。料理教室を経て、今日からひとつ屋根の下で暮らす者同士、もうすっかり敬語も取れてくつろいだ言葉遣いになっている。論だけでなく、のばらにとっても成田の祖父は親のように頼りになる存在で、頼られることを祖父も喜んでいる。

「タオルでええじゃろう。明日わしも一緒に行って近所に紹介するから」

すると、のばらはわずかに困った顔をした。

「のばらさん、くだらないこと色々耳に入るだろうけど気にしなくていいよ」

成田が会話に加わった。今回の引っ越しについて、ご近所や道場生の間で小さな騒動が起きているらしい。道場の跡継ぎである成田が出ていき、入れ替わるように子連れの若い女が引っ越してきた。これはもしや妻に先立たれた老師範がたぶらかされているのではないかと噂《うわさ》と心配の的になっている。

「財産目当てで若先生を追い出した鬼嫁って言われてるのよ」

のばらがうんざりした顔で溜息をつく。

「一部当たってるじゃねえか。鬼嫁ってとこ」

「どこがよ」

飴屋のツッコミにのばらが怒り、論は意味がわからないまま「おかあさんは鬼嫁ー、財産目当てー」とのばらを指さし、さすがに全員からこらっと叱《しか》られてしょげていた。

「まあそんなアホらしい噂はともかくよ、道場のほうに支障出てないのか」

「ジュニアクラスが五人やめたくらいかな」

「は？」

「噂を信じた若いママさんたちもいたみたいで」

えっと眉をひそめるのばらに、いいんだよと成田が言った。

「俺たちはなにも悪いことしてないんだから、びくびくする必要なんかない。それに追い出したって言うけど、俺が家にいたらいたで、今度は俺が道場に通う子供のお母さんに手を出したとか不倫だとか、どっちにしても騒ぎになってたと思う」

それでも顔を上げられないのばらに、成田の祖父も声をかけた。

「清玄の言う通り。真面目にやっとれば、わかってくれる人はちゃんとおる。それでもわからんやつは相手にせんでええ。限りある大事な人生の無駄じゃ」

さすが亀の甲より年の功。口調に重みがあった。

「……うん。お爺ちゃん、ありがと」

のばらの顔にようやく安堵が浮かんだ。

「祖父ちゃんは大物だな」

「当たり前じゃあ。ひよっこが」

その言葉に、論が「俺もヒヨコもってるよ」と顔を輝かせた。

「お風呂に入れて遊ぶやつ。見せてあげるから今日一緒にお風呂入ろう?」

「おお、そうか。よしよし、そうしよう。楽しみじゃなあ」

さっきまでの威厳は消え失せ、目尻を下げる成田の祖父はただの好々爺《こうこうや》だった。

ひとつのテーブルを囲んで、みんなが笑っている風景に飴屋はふうっと息をついた。土台のしっかりした安心感がこの家にはある。多少のことではびくともしない成田家の中で、論ものばらもくつろいだ顔をしていて、飴屋も心からリラックスすることができた。

九時をすぎたあたりでおひらきとなり、玄関で成田の祖父、のばらと論が、帰る自分と成田を見送ってくれる。風呂上がりで論と祖父はつやつやと血色のいい頬をしている。

「おとうさん、先生、おやすみなさーい」

去年からのプチ別居で慣れている論は、いつものように笑って手を振った。いきなり別れて暮らすことにならなかったのだから、あの別居も結果としてよかったのだ。

「朋さん、じゃあまた」

「おう、また連絡するわ。なんかあったらすぐ言え」

「ありがと。でも大丈夫。お爺ちゃんもいるし」

のばらは小さくガッツポーズを作った。

成田と祖父のほうは道場で毎日顔を合わせるので特別な感傷はないようで、明日の稽古の時間などを確認しあっている。じゃあおやすみと玄関で手を振り合ったときは、血がつながっていても、いなくても、みんなまとめてひとつの家族のように感じて心強かった。

「うわっ、寒いな」

自転車を押しながら成田が首をすくめる。血行がいいのか、成田は鼻の頭をすぐ赤くする。鼻の赤い男がマフラーをぐるぐる巻きにしている様子はなんだかかわいい。

「飴屋さん、今夜はどうする?」

最初の角を曲がると、さりげなく成田が聞いてくる。ちらっと見ると、成田はさっきまでとは打って変わって恋人の顔をしていた。気恥ずかしさがこみ上げる。

「疲れたし、今夜は帰ろうかな」

「えっ?」

成田がショックを受けた顔をする。素直すぎる反応に飴屋は吹き出した。

「嘘だよ」

そう言うと、成田は子供みたいに唇をとがらせた。

あの日、どうしても我慢できずにホテルに行ったが、それ以降、今日の引っ越しが終わるまで『そういうこと』は慎んでいた。ケジメというやつだが、成田とはそのあたりの感覚が似ていて、くどくど説明しなくてすむのが助かっている。

「今夜はおまえのほうに帰ろうかな」

つまり、今夜は初めてのお泊まりというわけだ。

「明日の仕事、大丈夫?」

成田が嬉しそうに聞いてくる。わかりやすい男だ。

「作業着と車があるからな。早起きして一旦帰るわ」

「俺が飴屋さんちに行こうか?」

「いや、おまえんとこでいい」

飴屋のアパートは壁が薄い。この先も平和な暮らしを送るために、隣近所にアレな声がもれるのは避けたい。隣を見ると、にやにやとしまらない顔の成田と目が合った。

「……なんだよ」

「いや、防音のしっかりしたマンション借りてよかったなあと」

「うっせーよ」

自転車をけっ飛ばしたが、成田はよろけもしない。

「乱暴でかわいいなあ」

よくわからないことを言いながら成田は自転車にまたがり、飴屋に後ろに乗れと言う。

「いい年こいて2ケツかよ」

「一秒でも早く家に帰りたい」

「そりゃ早くやりたいってことか」

「いいから、早く乗れって」

へえへえと荷台に座ると、自転車はするすると走り出す。

「うおっ、これさみいぞ」

飴屋は肩をすくめた。風が鋭さを増して頬を切りかかりにくる。

「チャリで2ケツって何年ぶりだ」

「大学のとき以来かな。飴屋さんは？」

「高校んときだな」

原付の免許を取るまで、拓人とふたりでいつも2ケツをしていた。こんなふうに後ろに座るのではなく、立ったままハブステップに足をかけ、拓人の肩に手を置いて風を切っていた。あのころは意味なく無敵で、炭酸の泡がはじけるような毎日だった。

「なあ、成田ー」

成田の腰に手を回して呼びかけた。なにーと間延びした声がする。

「俺、なんか今、すんげえ楽しいんだけど」

「いきなりなに」

成田が笑う。

「わかんねえけど、なんか楽しいー」

「じゃあ、もっと漕ぐよ」

ぐんとスピードが上がり、さみーとふたりで笑い合う。冷たさを増す夜風にむき出しの顔や手をチクチクさせながら、とっくの昔に逝ってしまった季節を思い出した。

拓人を失くしてから、色々なことが変わってしまった。守るものができて、奮い立つときもあれば、ひどく疲れるときもあり、とりあえずもう昔みたいにはやれないんだなと思っていた。昔と同じじゃないのは当たり前なのでいいのだが、今夜はなぜか昔みたいにスカッとした、無意味な楽しさを思い出した。それがひどく嬉しい。

「成田、もっと速く」

「ええ、もっと？」

成田が問い返す。しかしすぐにスピードが上がる。

飴屋は大きな背中にもたれるように体重をあずけた。

夜空には、おもちゃみたいにぺらっとした光る月が浮かんでいる。

Deep breathing

よく晴れた初夏の日曜日、祖父は七十四歳の誕生日を迎えた。昨日は師範代や道場生で祝いの席が設けられたが、今日は身内だけのささやかな祝いをする。

孫である自分、飴屋《あめや》、のばら、論《ろん》という頻繁に顔を合わせている面子《メンツ》なのでたいして変わり映えしないが、目新しいことがひとつ。今日の料理はすべてのばらが作った。

料理に関してだけは努力が結実しなかったのばらだが、根気よく祖父が教えるうちに少しずつ上達しはじめ、今では基本の料理ならこなせるようになった。

「……納得いかねえ。俺は七年間もこいつのマズ飯を食わせられ続けたのに」

きちんと出汁《だし》から取られた煮物を食べながら、さっきからずっと飴屋はぼやいている。

「やっぱりライブで教えてもらうって大事ね。コツがよくわかったわ」

のばらは鼻高々だが、成田《なりた》は知っている。のばらをここまで育てるために、祖父は昆布を煮たたせすぎて妙にぬるぬるした苦い味噌汁や、砂漠みたいに干からびたおからの煮物や、なぜそうなったか一時間ほど問いただしたいほどカチコチの豚のソテーなど、多くの失敗作を食べ続けて結構心が折れそうになっていた。のばらの料理しか知らなかった論が、初めて成田家の唐揚げを食べたときの感激を思うと泣けてくるとも言っていた。

食事が終わると、論は居間の畳に大の字で寝てしまった。欲望のまま料理をつめ込んで、狸《たぬき》のように腹をぽっこりふくらませている論を、飴屋が飽きずにビデオ撮影している。

「清玄《せいげん》、たまにはつきあえ」

祖父が縁側に将棋盤を出し、成田は向かいに座った。祖父の横には誕生日プレゼントに論からもらった似顔絵が大事そうに置かれている。きっと祖父の寝室に飾られるだろう。

「最近どうじゃ」

ぱちりと駒を置きながら祖父が聞いてくる。家を出て四ヶ月ほどが経ったが、道場の仕事でほぼ毎日顔を合わせているので、どうだというのは私生活に関してだ。

「うまくやってるよ」

「そうか」

「のばらさんと籍を抜いても飴屋さんが論のお父さんであることに変わりないし、俺も論のお父さん二号くらいの気持ちでいる。俺は子供は望めないし、飴屋さんと一緒にのばらさんを助けていきたいよ。みんなで助け合ってってのが、俺らの場合はいいみたい」

「ええことじゃ。家族がうまくいかんと子供が一番つらい」

祖父がしみじみとつぶやく。成田自身、早くに母親と離れて暮らすことになった。そのことを祖父は今でも悔やんでいる。過去をくどくどと繰る人ではないが、言葉の端々からそれは伝わって、成田をあたたかい気持ちにしてくれた。この広い世の中に、自分を愛してくれている人がひとりでもいるという認識は人を強くしてくれる。

「そういえば例の事件を起こした男、飴屋くんの会社に入ったんだと？」

「滝井《たきい》くん？　うん、見習いで入って飴屋さんが面倒見てるらしいよ」

「あんなことをしでかした相手に、とことん面倒見のいい男じゃな」

「そうだね。ああいう人はなかなかいないと思うよ」

素直に肯定すると、祖父はそうかと満足そうにうなずいた。

「おまえも、なかなかいい顔になった」

「俺？」

「前は硬いのかやわらかいのか、どっちつかずの定まらん感じじゃったが、今は落ち着いたいい顔をしとる。だからわしも安心しとる。相手の性別なんぞどうでもええ。わしくらいの年になると、残していくもんが幸せじゃったら、もうそれだけでええ」

祖父の目尻の皺《しわ》が深くなる。

「……祖父ちゃん、ありがと」

そう言うと、祖父はぎこちなく肩を揺すった。

「茶をくれ。濃い目のを」

成田はうんと立ち上がった。祖父は照れ屋だ。台所へ行くと、片づけをしているのばらを飴屋が手伝っていた。余った料理を小皿に移し替え、空になった皿をのばらが受け取ってシンクで洗う。さすがに元夫婦だけあって息が合っている。

「え?、拓人《たくと》とのデートの思い出? そんなのいっぱいあるわよ」

のばらが言い、拓人という名前に成田は一瞬入るのをためらった。

「あのときはお金なかったたし、国道沿いのファミレスでよく朝までしゃべったっけ。まあしゃべるのはほとんどあたしで、拓人は聞いてるか寝てるかどっちかだったけど」

「なんだそりゃ」

「あと2ケツで爆走してパトに追いかけ回されたり、一緒に歩いてたら他のチームにからまれて喧嘩《けんか》になったり、たまにあたしも加勢してあとで怒られたりしてた」

「それのどこがデートなんだよ。もっとまともなのはねえのか」

「十代で若かったからね。そういう朋《とも》さんは?」

「あ?」

「先生と。急に拓人とのデートのことなんか聞きたがるから」

「俺は……、まあ、適当に遊園地とか」

飴屋がぼそりとつぶやき、廊下にかくれていた成田も耳を澄ませた。

「どこ行ったの?」

「ネ、ネズミの国とか」

「ええー、いいなあ。っていうかズルい。あたしと論もずっと行きたい行きたいって言ってたのに、結局都合つかなくて行けてなかったじゃない。ねえ、他には?」

飴屋は藪蛇《やぶへび》という顔をした。

「他って……ああ、動物園も行ったか。あと映画とかドライブとか」

「色々行ってるんじゃない。男同士ってもっと大雑把なのかと思ってた。休日は家でビール片手にごろごろスポーツ観戦とか。というか朋さんはそういうタイプだったわよね？」

「あいつがそういうの好きなんだよ」

「へえ、先生ってマメなタイプなんだ。拓人とは正反対ね」

ひやりとした。初恋の男と比べ、ちっちゃい男と言われた気がした。自分は確かに恋愛に関してはマメなほうだが、男にとってマメは褒め言葉ではない。尽くしすぎてなめられること多数。今までの失恋歴がそれを証明している。もしや飴屋も？

しかしネズミの国で飴屋は楽しそうだった。その前の動物園だって、行く前は遠足かと文句を言っていたが、入園してみれば話題の超かわいい赤ちゃんホッキョクグマにかぶりつきになっていた。もしやあれは自分に気を遣ってくれていたのか？

「朋さんもなかなか苦労するわね」

のばらの言葉が追い打ちをかけるが、

「いや、俺は別に、まあ、楽しいけど」

もにょもにょと飴屋がつぶやいた。

「え、楽しいの？」

のばらが意外だと言うように問う。

「あれ？　朋さん、なんだか顔赤くない？」

「赤くねえよ」

飴屋が怒ったように言う。

「嘘、赤いって。もしかして照れてるの？　え、やだ、気持ち悪い」

「うっせーよ」

「ちょ、蹴《け》らないでよ」

「おまえがしょうもねえこと言うからだろう」

「ラブラブでいいねって話じゃない」

「だまれ、泣かすぞ」

実の兄と妹のような喧嘩がはじまってしまい、成田は静かに引き返した。はからずも恋人のノロケ現場を見ることになってしまいニヤニヤが止まらない。頬をパチパチ叩《たた》いて顔をひきしめてから居間に戻ると、寝ていた論が消えていた。

縁側を見ると、論はいつの間にか起きて祖父の膝《ひざ》に座っていた。祖父が論の腹に手を回して支え、将棋の駒を持たせてルールを説明している。ふっと懐かしさを誘われた。幼いころ、自分もああして祖父に将棋を教えてもらったっけ。

「清玄、茶はどうした」

祖父がこちらに気づいた。

「取り込み中だから、もう少し待って」

ふたりの向かいに腰を下ろし、さっきの続きをしようと将棋盤を見た。

「なにをニヤついとるんじゃ」

「え？」

顔を上げると、怪訝《けげん》そうな祖父と目が合った。

「先生、なんか嬉しそう」

論にも言われ、なにもないよと笑ってごまかした。台所から飴屋とのばらのいさかう声が聞こえてくる。かしましく、ささやかで、けれどなにも不足のない夜が更けていく。


その夜は飴屋のアパートに一緒に帰った。明日、飴屋は遠方の現場に直行だそうで朝が早いからだ。飴屋が先に風呂を使い、入れ替わりに成田も入った。こっちのアパートの風呂は小さいので、さすがに成人男子ふたりでは窮屈すぎて入れない。

風呂から上がって寝室に行くと、飴屋は枕元のスタンドだけをつけ、布団にもぐってさっき撮ったばかりのビデオを見ていた。

「うまく撮れてる？」

隣にもぐりこむと、ばっちりと飴屋が小さなモニターを真ん中に置く。ケーキを前にしかつめらしい祖父とみんなの拍手からはじまり、鯛の目玉をえぐりだして泣いてる論や、ケーキを切り分けるのに失敗して飾りのフルーツを崩壊させているのばらなどなど。

「論が描いた爺さんの似顔絵、かなり似てると思わないか？」

「うーん、そうかな」

「空手も強いけど、あいつ美術の才能もあるんじゃねえか。スポーツ選手と画家って全然畑違いだしなあ、どっちの才能伸ばしてやるか悩みどころだなあ」

正直、クレヨンで描かれた似顔絵はそれほど似ていない。しかし親馬鹿な飴屋もかわいいのでうんうんとうなずいていると、飴屋が溜息をついた。

「ま、こういう形になってよかったんだよな」

「うん？」

「いくらなんでも、他人の爺さんにここまで助けてもらうってどうなんだとか、なんか俺が途中でほっぽりだしたんじゃねえかって、色々考えるところもあったんだけど」

飴屋の性格ならそう感じることは理解できた。

「けど、のばらの顔が会うごとに変わってくんだよ。いつもどっか張り詰めてたのが今はやわらかいっつうか、安心して任せてるっつうか……。そういえば拓人と一緒にいたときはこんな感じだったよなあって思い出したり、俺じゃ足りなかったんだなあとか思ったり」

ちょっと切ないくちぶりが愛おしかった。

「亀の甲より年の功だよ」

「……まあなあ」

頬杖《ほおづえ》のまま飴屋が首をかしげる。

「俺だって似たようなこと思ってるよ」

「うん？」

「前に比べると、最近の朋はすごくリラックスしてる」

飴屋がこちらを見た。みんなの前では以前のまま『飴屋さん』と呼んでいるが、ふたりのときは下の名前で呼び合っている。呼び方ひとつのことなのに、空気が急に甘みを帯びる。照れかくしなのか、気のせいだろと今度は唇をとがらせた。そういう顔も以前はしなかった。

「自分じゃわからないだろうけどね」

下からのぞき込むと、今度は唇をへの字に曲げる。

「ねえ、しよっか？」

成田は飴屋からビデオを取りあげて枕元に置いた。

「……やだね」

しかし強引に組み伏せ、長い首筋にくちづけた。

「……痕《あと》、つく」

小さく抗《あらが》うくせに、飴屋の声はとろりと蕩《とろ》けている。唇を離すと、首筋にはぽつりと赤い痕が咲いていて、自分のものだという単純な喜びが湧き上がった。

「見られたらどうすんだよ」

「ギリギリ見えない場所だよ。今まで失敗したことないだろ」

胸の先にくちづけると、びくんと飴屋が揺れる。舌の先でくすぐるうちにそこは硬くとがってしまい、重なった身体の間で互いのものが反応を伝え合う。

棚の引き出しに手を伸ばし、取り出したオイルでたっぷりと飴屋の後ろを濡《ぬ》らした。指でじっくりとほぐしながら、感じやすい胸の先を舌で愛撫《あいぶ》する。

「……もう……いいから早く……」

熱でとろけるバターみたいに飴屋の声がぐずぐずになっていく。そんな声でお願いされたら今すぐ入りたくなる。けれど男にはお願いされる快感もあるのだ。

ちょうど性器の裏側当たりに飴屋の弱い場所がある。そこを強く刺激すると、飴屋は真っ赤に染まった顔で成田をにらみつけてくる。けれどそんな気強さも長くは持たない。

「なあ、もう頼むから……」

ねだるように背中に腕を回され、耳元で泣きついてくる声を充分楽しんだ。張りつめた先端をあてがい、ゆっくり圧をかけて飴屋の中に入っていく。

「……っ、う、あ」

すっかり成田の形を覚えた場所が悦ぶようにしめつけてくる。この瞬間がいつも最大のこらえ所で、即死させられそうな快感を奥歯をかみしめてこらえる。

すべてを沈めずに、途中で一旦《いったん》進むのを止めた。

「なんで、もっと……奥まで」

「朋はここも好きだろう？」

本当はこちらが限界なだけなのだが、余裕があるように見せかけて、浅い場所で抜き差しを繰り返した。足を大きく開かせて、みだらな音を立てている場所に視線を落とす。

「すげえいやらしいね」

「……すけべ野郎」

悔しそうににらみつけてくる飴屋はひどく色っぽい。奥をおあずけにしたまま浅い場所で腰を回すと、唇をかみしめて背筋をしならす。

「……ん、んうっ、あ……」

揺らめく腰を押さえつけて弱い場所ばかりを責めると、抽挿に合わせていやらしく揺れる性器から大量の蜜《みつ》がこぼれ出す。

色事には慣れていると思っていた飴屋だったが、実際に肌を合わせてみると、驚くほど快感に弱かった。一夜限りが多かったせいで、性急で雑な抱かれ方しか知らないのだ。丁寧にじっくりと時間をかけるとすぐに音を上げる。

「……もう頼む……早く奥まで」

こちらももう待てそうにない。一息に最奥まで沈めた瞬間、甘い悲鳴が上がった。

飴屋が慌てて口元に手を当てる。壁が薄いので聞こえないようにしているのだ。そんな姿に余計興奮してしまう。律動の速度を上げていく。

「……んうっ、や、め、清玄……っ」

「もっとって言ったじゃないか」

「……でも、まじで聞こえ……っ」

必死で首を左右に振られ、さすがに動きをゆるやかにした。本気で困らせるつもりはないのだ。つながったまま身体を倒して、大きな手で飴屋の顔をはさみこんでキスをした。

「意地悪してごめん」

「……馬鹿野郎」

悪態をつきながらも、キスにも抱擁にも応えてくれる。ついばむようなくちづけをかわしながら、スローモードに切り替えた。飴屋の家で抱き合うときはいつもこうだ。

激しい行為もいいけれど、時間をかけて楽しむのも成田は好きだ。わずかに物足りないゆるい快感が続くうち、お互い芯《しん》まで痺《しび》れてぼんやりしてくる。飴がけされた吐息ばっかりこぼれ落ちて、部屋の空気ごととろりと重だるくなってくる。

長い時間をかけて幾度も達し、行為のあとは飴屋はぐったりしていた。

「大丈夫?」

いたわりをこめて汗の浮いた額にくちづけた。

「……大丈夫じゃねえ」

飴屋は閉じていた目を開けた。

「腰ガクガクだっつうの。明日はえーのに」

「あ」

しまった、そうだった。だから今夜はこちらに泊まったのだ。慌てて謝ると、いいよと腕がからみついてくる。成田の腕の中にすっかり自分をあずけてしまうと、飴屋はほっとひとつ深い息をつき、六時に起こせ……と糸が切れたように眠りに落ちた。


翌朝、成田は五時起きで朝食を作った。飴屋を起こさないよう静かに布団を抜け出し、寝室のドアをしっかりと閉めてまだ薄暗い台所で湯を沸かした。

昨日の詫《わ》びに、いつもより気合いを入れた。炊き立てのご飯、出汁をしっかり取った大根と揚げの味噌汁、キャベツの浅漬け、オクラ納豆、出し巻き卵、さわらの西京焼きは弁当にも入れる。飴屋は肉体労働だけあって朝からしっかり食べるので作りがいがある。

「朝から豪華だな」

起きてきた飴屋がテーブルを見て驚く。

「今日は弁当も豪華版だよ」

「なんで？」

「昨日のお詫び」

頬にキスをすると、飴屋はいい心がけだなと笑った。

いただきますと向かい合って手を合わせ、ふたりで朝食を食べた。

朝食のあとは成田が後片づけをし、飴屋は身支度をする。

洗い物をしていると、台所の小窓から朝の光が差し込んできた。

早起きの祖父はもう起きて、庭で朝の型稽古《かたげいこ》に励んでいるだろう。のばらは朝食を作っているだろう。論はまだ夢の中か。でももうすぐ眠い目をこすって起きてくるはずだ。半開きの窓から通りを走る車の音が流れ込んでくる。洗い物の水が跳ねる音。

朝のざわめきを聞いていると、作業着姿の飴屋が部屋から出てきた。

「じゃ、行ってくるわ」

「いってらっしゃい。はい、弁当」

円筒形の保温ジャーの弁当を、飴屋はほくほく顔で受け取った。

「これがあるから、おまえが泊まった日は嬉しいんだよな」

「そう言ってもらえると作りがいがあるよ」

成田はほほえんだ。

「仕事がんばって」

「サンキュウ。おまえもな」

玄関でキスをして飴屋を見送った。いってらっしゃい。いってきます。穏やかで平凡な挨拶《あいさつ》をかわして、ささやかな一日が今日もはじまった。

あとがき

こんにちは、お久しぶりです。

今年ももう一年の半分が過ぎてしまったなんて怖いですね。なのにようやく書き下ろしが二冊目という現状はもっと怖いですが、ふたたびお目にかかれてよかったです。

さて新刊について――。

がっつり恋愛ものや魔法使いやきもうざなど濃いのを連続で書いたあとなので、このあたりで気持ちをニュートラルに入れたくなったんでしょうか。恋愛や家族愛、男女の友情というか疑似兄妹愛みたいなものまで入った愛情闇鍋なお話になりました。重い設定もありつつ、暗くはないので構えずに読んでいただけたらと思います。

主人公たちの恋愛模様は別として、書いていて単純に楽しかったのは論《ろん》と祖父の爺孫愛でした。最初はしっかりしていた論が、最後は泣いて癇癪を起こせるようになっていくのはほほえましく、わたしも他界した祖父母を思い出しました。特にいつも祖父がくれた赤い缶に入っていたアーモンドキャンディ。あれをもう一度食べたいのですが、大人になってからどこを探してもないのです。赤い缶……記憶違いなのかな。

挿絵は草間《くさま》さかえ先生にお願いできました。草間先生のイラストは毎回眼福ものですが、今回もたがわず。美人だけど男前な飴屋《あめや》、朴訥さが残る成田《なりた》もイメージどおりな上に、ふたりの身長差を表すちょっとしたイラストが添えてあり、それが本当にかわいかった！　読者さんにお見せできないのが残念ですが、作者の役得だとひっそり楽しませていただきます。そして爺孫コンビやのばらのラフまでくださったことも感謝です。草間先生、お忙しい中、本当にありがとうございました。

そして読者のみなさま、あとがきまで読んでくださってありがとうございます。今年に入ってちょっと危機感を覚えるほどスローペースな発刊になってますが、後半は少しはマシになると思うのでよろしくおつきあいくださるとありがたいです。

それでは、また次の本でお目にかかれますように。

二〇一五年　六月　凪良《なぎら》ゆう

この本を読んでのご意見、ご感想を編集部までお寄せください。

《あて先》〒141-8202　東京都品川区上大崎3-1-1　徳間書店　キャラ編集部気付
「ここで待ってる」係

【読者アンケートフォーム】

QRコードより作品の感想・アンケートをお送り頂けます。

Chara公式サイト http://www.chara-info.net/

■初出一覧

ここで待ってる………書き下ろし
ファミリー・アフェア………書き下ろし
Deep breathing………書き下ろし

ここで待ってる

【キャラ文庫】

2015年7月31日　初刷
2023年2月15日　2刷

著者　凪良ゆう
発行者　松下俊也
発行所　株式会社徳間書店
〒141-8202　東京都品川区上大崎3-1-1
電話 049-293-5521（販売部）
03-5403-4348（編集部）
振替 00140-0-44392

印刷・製本　図書印刷株式会社
カバー・口絵　近代美術株式会社
デザイン　百足屋ユウコ+カナイアヤコ（ムシカゴグラフィクス）

ISBN978-4-19-900804-7

凪良ゆうの本

好評発売中

【美しい彼】

美しい彼
Yuu Nagira Presents
凪良ゆう
イラスト◆葛西リカコ
君が踏んだ、泥だらけの水にさえ
俺はキスすることができるよ。
キャラ文庫

イラスト✦葛西リカコ

「キモがられても、ウザがられても、死ぬほど君が好きだ」無口で友達もいない、クラス最底辺の高校生・平良《ひら》。そんな彼が一目で恋に堕ちたのは、人気者の清居《きよい》だ。誰ともつるまず平等に冷酷で、クラスの頂点に君臨する王《キング》――。自分の気配に気づいてくれればいいと、昼食の調達に使いっ走りと清居に忠誠を尽くす平良だけど!?　絶対君主への信仰が、欲望に堕ちる時――スクールカースト LOVE!!

凪良ゆうの本

好評発売中

【おやすみなさい、また明日】

イラスト✦小山田あみ

おやすみなさい、また明日
凪良ゆう
イラスト◆小山田あみ
愛する人と過ごした大切な記憶も、
明日には喪われるかもしれない——
キャラ文庫

「俺はもう誰とも恋愛はしない」。仄《ほの》かに恋情を抱いた男から、衝撃の告白をされた小説家のつぐみ。十年来の恋人に振られ傷ついたつぐみを下宿に置いてくれた朔《さく》太郎《たろう》は、つぐみの作品を大好きだという一番の理解者。なのにどうして…？　戸惑うつぐみだが、そこには朔太郎が抱える大きな闇があって!?　今日の大切な想い出も、明日覚えているとは限らない…記憶障害の青年と臆病な作家の純愛!!

キャラ文庫既刊

英田サキ

[DEADLOCK] ill：高階 佑
[DEADHEAT DEADLOCK2]
[DEADSHOT DEADLOCK3]
[SIMPLEX DEADLOCK外伝]
[恋ひめやも] ill：小山田あみ
[ダブル・バインド] 全4巻
[アウトフェイス ダブル・バインド外伝] ill：葛西リカコ
[欺かれた男] ill：乃一ミクロ

秋月こお

[王朝春宵ロマンセ] シリーズ全4巻 ill：唯月 一
[王朝ロマンセ外伝] シリーズ全3巻 ill：唯月 一
[幸村殿、艶にて候] 全7巻 ill：九號
[スサの神謡] ill：稲荷家房之介
[公爵様の羊飼い] 全3巻 ill：円屋榎英

洸

[捜査官は恐竜と眠る] ill：有馬かつみ
[サバイバルな同棲] ill：和鐵屋匠
[常夏の島と英国紳士] ill：みずかねりょう
[灼熱のカウントダウン] ill：小山田あみ
[闇を飛び越えろ] ill：長門サイチ

いおかいつき

[隣人たちの食卓] ill：みずかねりょう
[探偵見習い、はじめました] ill：小山田あみ
[これでも、脅迫されてます] ill：兼守美行

池戸裕子

[鬼神の囁きに誘われて] ill：黒沢 椎
[人形は恋に堕ちました。] ill：新藤まゆり

犬飼のの

[暴君竜を飼いならせ]
[翼竜王を飼いならせ 暴君竜を飼いならせ2]

ill：笠井あゆみ

烏城あきら

[檻—おり—] ill：今 市子

榎田尤利

[歯科医の憂鬱] ill：高久尚子
[ギャルソンの躾け方] ill：宮本佳野
[アパルトマンの王子] ill：緋色れーいち

音理 雄

[理髪師の、些か変わったお気に入り] ill：二宮悦巳
[先生、お味はいかが?] ill：三池ろむこ
[犬、ときどき人間] ill：高久尚子
[親友に向かない男] ill：新藤まゆり
[最強防衛男子!] ill：むとべりょう

鹿住 槇

[ヤバイ気持ち] ill：穂波ゆきね

華藤えれな

[フィルム・ノワールの恋に似て] ill：小椋ムク
[黒衣の皇子に囚われて] ill：Ciel
[義弟の渇望] ill：サマミヤアカザ

可南さらさ

[左隣にいるひと] ill：木下けい子
[先輩とは呼べないけれど] ill：穂波ゆきね

神奈木智

[その指だけが知っている] シリーズ全5巻 ill：小田切ほたる
[ダイヤモンドの条件] シリーズ全3巻 ill：須賀邦彦
[御所泉家の優雅なたしなみ] ill：円屋榎英
[若きチェリストの憂鬱] ill：二宮悦巳
[オーナーシェフの内緒の道楽] ill：新藤まゆり
[愛も恋も友情も。] ill：香坂あきほ
[月下の龍に誓え]
[烈火の龍に誓え 月下の龍に誓え2] ill：円屋榎英
[マル暴の恋人] ill：水名瀬雅良
[恋人がなぜか多すぎる] ill：高星麻子
[マエストロの育て方] ill：夏珂
[守護者がめざめる逢魔が時]
[守護者がささやく黄泉の刻 守護者がめざめる逢魔が時2]
[守護者がつむぐ輪廻の鎖 守護者がめざめる逢魔が時3] ill：みずかねりょう

楠田雅紀

[史上最悪な上司] ill：山本小鉄子
[俺サマ吸血鬼と同居中] ill：Ciel
[やりすぎです、委員長!] ill：夏乃あゆみ
[二代目の愛は重すぎる] ill：高緒 拾

剛しいら

[顔のない男] シリーズ全3巻 ill：北畠あけ乃

ごとうしのぶ

[ブロンズ像の恋人] ill：兼守美行
[熱情] ill：高久尚子

榊 花月

[地味カレ] ill：新藤まゆり
[不機嫌なモップ王子] ill：夏乃あゆみ
[見た目は野獣] ill：和鐵屋匠
[綺麗なお兄さんは好きですか?] ill：ミナヅキアキラ
[オレの愛を舐めんなよ] ill：夏珂
[気に食わない友人] ill：新藤まゆり
[七歳年下の先輩] ill：高緒 拾
[暴君×反抗期] ill：沖銀ジョウ
[どうしても勝てない男] ill：新藤まゆり

桜木知沙子

[となりの王子様] ill：夢花 李

キャラ文庫既刊

キャラ文庫既刊

[落花流水の如く 諸行無常というけれど2] ill:金ひかる

月村 奎

[そして恋がはじまる]全2巻 ill:夢花 李
[アプローチ] ill:夏乃あゆみ

遠野春日

[高慢な野獣は花を愛す] ill:汞りょう
[華麗なるフライト]
[管制塔の貴公子 華麗なるフライト2] ill:麻々原絵里依
[砂楼の花嫁]
[花嫁と誓いの薔薇 砂楼の花嫁2] ill:円陣闇丸
[玻璃の館の英国貴族] ill:円屋榎英
[芸術家の初恋] ill:穂波ゆきね
[欲情の極華] ill:北沢きょう
[獅子の系譜]
[獅子の寵愛 獅子の系譜2] ill:夏河シオリ
[蜜なる異界の契約] ill:笠井あゆみ
[黒き異界の恋人] ill:笠井あゆみ
[真珠にキス] ill:乃一ミクロ
[疵と蜜] ill:笠井あゆみ

中原一也

[仁義なき課外授業] ill:新藤まゆり
[後にも先にも] ill:梨とりこ
[居候には逆らえない] ill:乃一ミクロ
[親友とその息子] ill:兼守美行
[双子の獣たち] ill:笠井あゆみ
[野良犬を追う男] ill:水名瀬雅良
[ブラックジャックの罠] ill:小山田あみ
[媚熱] ill:みずかねりょう
[検事が堕ちた恋の罠を立件する] ill:水名瀬雅良

凪良ゆう

[恋愛前夜] ill:穂波ゆきね
[求愛前夜 恋愛前夜2] ill:穂波ゆきね
[天涯行き] ill:高久尚子
[おやすみなさい、また明日] ill:小山田あみ
[美しい彼] ill:葛西リカコ
[ここで待ってる] ill:草間さかえ

成瀬かの

[世界は僕にひざまずく] ill:高星麻子

西野 花

[溺愛調教] ill:笠井あゆみ
[陰獣たちの贄] ill:北沢きょう

鳩村衣杏

[両手に美男] ill:乃一ミクロ
[友人と寝てはいけない] ill:小山田あみ
[歯科医の弱点] ill:佳門サエコ
[学生服の彼氏] ill:金ひかる

樋口美沙緒

[八月七日を探して] ill:高久尚子
[他人じゃないけれど] ill:穂波ゆきね
[狗神の花嫁]
[花嫁と神々の宴 狗神の花嫁2] ill:高星麻子
[予言者は眠らない] ill:夏乃あゆみ

火崎 勇

[荊の鎖] ill:麻生 海
[牙を剥く男] ill:汞りょう
[満月の狼] ill:有馬かつみ
[刑事と花束] ill:夏珂
[足枷] ill:Ciel
[龍と焔] ill:いさき李果
[理不尽な求愛者] ill:駒城ミチヲ
[理不尽な恋人 理不尽な求愛者2] ill:駒城ミチヲ

[ラスト・コール] ill:石田 要
[哀しい獣] ill:佐々木久美子
[ぬくもりインサイダー] ill:みずかねりょう

菱沢九月

[小説家は懺悔する]シリーズ全3巻 ill:高久尚子
[夏休みには遅すぎる] ill:山田ユギ
[本番開始5秒前] ill:新藤まゆり
[セックスフレンド] ill:水名瀬雅良
[ケモノの季節] ill:汞りょう
[年下の彼氏] ill:穂波ゆきね
[好きで子供なわけじゃない] ill:山本小鉄子
[飼い主はなつかない] ill:高星麻子

松岡なつき

[NOと言えなくて] ill:果桃なばこ
[WILD WIND] ill:雪舟 薫
[FLESH&BLOOD①〜㉔] ill:①〜⑪雪舟 薫／⑫〜彩
[FLESH&BLOOD外伝 —女王陛下の海賊たち—] ill:彩
[FLESH&BLOOD外伝2 —祝福された花—] ill:彩
[H・K《ホンコン》ドラグネット]全4巻 ill:乃一ミクロ
[流沙の記憶] ill:彩

水原とほる

[青の疑惑] ill:彩
[午前一時の純真] ill:小山田あみ
[金色の龍を抱け] ill:高階 佑
[災厄を運ぶ男] ill:葛西リカコ
[義を継ぐ者] ill:高階 佑
[夜間診療所] ill:新藤まゆり
[蛇喰い] ill:和鐡屋匠

キャラ文庫既刊

[気高き花の支配者] ill:みずかねりょう
[二本の赤い糸] ill:金ひかる
[The Barber—ザ・バーバー—]
[The Cop—ザ・コップ— The Barber2] ill:兼守美行
[ふかい森のなかで] ill:小山田あみ
[彼氏とカレシ] ill:十月絵子
[愛と贖罪] ill:葛西リカコ
[雪の声が聞こえる] ill:ひなこ
[愛の嵐] ill:嵩梨ナオト
[女郎蜘蛛の牙] ill:高緒 拾
[囚われの人] ill:高崎ぼすこ
[血のファタリテ] ill:兼守美行

水無月さらら

[主治医の采配] ill:小山田あみ
[美少年は32歳!?] ill:高星麻子
[元カレと今カレと僕] ill:水名瀬雅良
[ベイビーは男前] ill:みずかねりょう
[寝心地はいかが?] ill:金ひかる
[18センチの彼の話] ill:長門サイチ
[メイドくんとドS店長] ill:高久尚子
[キスと時計と螺旋階段] ill:乃一ミクロ

水壬楓子

[桜姫] シリーズ全3巻 ill:長門サイチ
[シンプリー・レッド] ill:汞りょう
[作曲家の飼い犬] ill:羽根田実
[本日、ご親族の皆様には。] ill:黒沢 椎
[森羅万象 狼の式神]
[森羅万象 水守の守]
[森羅万象 狐の輿入] ill:新藤まゆり

宮緒 葵

[二つの爪痕] ill:兼守美行

[蜜を喰らう獣たち] ill:笠井あゆみ
[忘却の月に聞け] ill:水名瀬雅良

夜光 花

[シャンパーニュの吐息] ill:汞りょう
[君を殺した夜] ill:小山田あみ
[七日間の囚人] ill:あそう瑞穂
[天涯の佳人] ill:DUO BRAND.
[不浄の回廊]
[二人暮らしのユウウツ 不浄の回廊2] ill:小山田あみ
[眠る劣情] ill:高階 佑
[愛を乞う] ill:榎本
[束縛の呪文] ill:香坂あきほ
[ミステリー作家串田寥生の考察] ill:高階 佑
[バグ①〜②] ill:湖水きよ

吉原理恵子

[二重螺旋]
[愛情鎖縛 二重螺旋2]
[攣哀感情 二重螺旋3]
[相思喪曖 二重螺旋4]
[深想心理 二重螺旋5]
[業火顕乱 二重螺旋6]
[嵐気流 二重螺旋7]
[双曲線 二重螺旋8]
[不響和音 二重螺旋9]
[千夜一矢 二重螺旋10] ill:円陣闇丸
[間の楔] 全6巻 ill:長門サイチ
[影の館] ill:笠井あゆみ

六青みつみ

[輪廻の花〜300年の片恋〜] ill:みずかねりょう

渡海奈穂

[兄弟とは名ばかりの] ill:木下けい子

[小説家とカレ] ill:穂波ゆきね
[学生寮で、後輩と] ill:夏乃あゆみ

〈四六判ソフトカバー〉

英田サキ

[HARD TIME DEADLOCK外伝] ill:高階 佑

ごとうしのぶ

[ぼくたちは、本に巣食う悪魔と恋をする] ill:笠井あゆみ

高遠琉加

[さよならのない国で] ill:葛西リカコ

凪良ゆう

[きみが好きだった] ill:宝井理人

菱沢九月

[同い年の弟] ill:穂波ゆきね

松岡なつき

[王と夜啼鳥《ナイチンゲール》 FLESH&BLOOD外伝] ill:彩

吉原理恵子

[灼視線 二重螺旋外伝] ill:円陣闇丸

〈2015年7月25日現在〉